W. S. Maugham

毛　姆　文　集

W. Somerset Maugham

# 在中国屏风上

## On a Chinese Screen

〔英〕毛姆　著　唐建清　译

上海译文出版社

# 序　言

这本集子很难被称为一本书，它只是可以写成一本书的素材。我喜欢旅行，因而周游列国。我喜欢旅行带来的那种无拘无束的自由感觉。时间从来没有像在旅行中那样宽裕，也许你有一份庞大的计划但仅仅完成了一部分，你仍然会觉得有空闲可以做任何事情。你有大量的时间可以尽情挥霍，而不必感叹光阴似箭或遗憾未能珍惜时光。虽然我认为有条件却不去享受旅行的闲适是件傻事，但我也乐意去体验艰辛。我喜欢美味佳肴，也不介意难吃的甚至单调的饭菜。在南太平洋时，我每天吃的都是牛肉汉堡，但胃口一点不受影响（不过我得承认当我回到旧金山，见到牛肉汉堡就反胃）。另一次在马来群岛的一个岛上，因为找不到别的食物，我一日三餐全靠吃香蕉果腹。自那以后，我对香蕉再未提起过兴致。我喜欢每天能在不同的地方过夜，环境好坏并不重要。我曾在西萨摩亚的萨瓦伊岛的一户人家打地铺睡了一夜，也在中国一条江上的敞篷小船里过了一夜，睡得都挺舒服。我还在一条小艇里的干椰子袋上睡觉，再也没有比那更难受的了，但我仍然乐在其中。那些夜晚的星光是多么灿烂！我喜欢结识各种各样的人，包括那些我不愿再见面的人。当你知道这辈子你们只会见上一面的时候，没有人会让你厌烦。揣摩一下你新认识的那个人究竟属于哪一类人，并将他与你所认识的同类人相比较，是件很有意思的事情。大多数情况下，人们都将自己简单地归入某一类中，而识别出那些你所设想的特点和习性则会妙趣横生。就像你经常在大自然的美景中找到你所见过的某一幅画作的意境,你也会遇到和你读过的某部小说中人物类似的人。比如那些吉卜林①笔下的人物,就常能在东方遇到。我不知道这些人物究竟是四十年前吉卜林先生在印度描述过的那些男男女女的后代,还是在反复阅读过那些精彩故事后逐渐变成这样的。听他在说话中用上那些著名的词语,或是看他似乎自然地抱有那种已落伍的处世态度,这往往令人觉得滑稽有趣。有时,自然是偶尔,你会遇见一个与你过去认识的完全不同的人,这种令人兴奋的经历无疑十分难得。你会在意想不到的地方碰上他:一艘沿海岸航行的汽轮上,西藏边境一座高墙围绕的小城中,或是印尼阿鲁岛的一座可可种植园里。孤独和不寻常的人生使他自成一格,而不像芸芸大众,因为受到我们西方文明至少是表面的影响(外界对人的内心生活有多大的作用啊!)而失去了个性。这个人也许不很聪明,他甚至会显得有些疯狂。他也许是邪恶、虚伪、粗鲁、低俗或者野蛮的,但他是独一无二的!他简直就不属于我们这个群体。如果你爱研究人性,你会为此兴奋异常,你觉得与他交谈会给你和聆听伟大音乐作品同样的愉悦感。在他们身上有一种令人振奋的特质。因为在我看来,正是借助自然之力,他们使自己脱离了那引导世界的潮流而变得与众不同,而大自然是用来塑造他们独特个性的工具。

我于1920年前往中国游历。我并没有一部日记,因为自十岁以后我就不记日记了,但每当遇见能激起我兴致的人或地方,我都会一一记录下来。我约莫觉得它们或许能成为创作一部小说有用

① 吉卜林(J. R. Kipling, 1865—1936),英国小说家,曾获1907年诺贝尔文学奖。

的素材。随着素材的越积越多,我冒出一个想法,打算将它们连缀成一组中国之行的叙事。一回国,我就开始工作,但要把它们弄得井然有序并不容易,因为只有很少的部分是用钢笔写的,大部分文稿都是用铅笔在路边买的黄草纸上匆匆写就的。那些时候,我或是走累了坐在轿子里,或是在一条舢板上。但当我把它们排列好,我从中发现了一种新鲜感,那些文字是在我记忆鲜活的时候记下来的,而如果我将它们精心加工成一个故事,这种感觉就会不复存在。我觉得我只需要将因匆忙造成的随意和马虎之处删去,使文稿变得更简洁些就够了。我希望这些文字可以给读者提供我所看到的中国的一幅真实而生动的图画,并有助于他们自己对中国的想象。

# 目　录

# 一　幕　启

在你的面前是一排茅草房,一直延伸到城门口,这些用土坯砌成的茅屋倾圮破落,好像一阵风就能把它们吹倒,化作一堆泥土回归大地。一支驼队,载着沉重的货物,缓缓从你身边走过。它们好像有一种投机商人轻蔑的神气,极不情愿地在这块地方走过,那儿有许多人还没有它们富有。一小群人,穿着破旧的蓝褂子,聚在城门口,远处一个戴瓜皮帽的年轻人骑着一匹蒙古矮种马飞驰而来,他们便四下散开。一些孩子,追逐一条瘸了腿的狗,用土块砸它。两位矮胖的老爷,身着提花的丝织黑色长袍和小夹袄,站在路边闲谈。他们每人手中都握着一根细细的木棍,上面立着只小鸟,被一根细绳子拴着。这两位老爷带着玩物出来溜达,同时也客气地比较一下各自宠物的可爱之处。那小鸟时不时扑扇着翅膀飞向空中,但飞不多高,就很快被绳子拉着,回到木棍上。这两位中国老爷便怜爱地看着小鸟,露出微笑。一群粗鲁的孩子,冲着外国人嚷嚷,声音尖厉刺耳。古老并有着雉堞的城墙濒于坍塌,看上去就像古画中一座十字军占据的巴勒斯坦城池。

穿过城门,里面是一条狭窄的街道,两边是一家家店铺:许多店铺有着红色或金色的木格,精雕细刻,呈现出一种特别的衰败的光华,让你恍然觉得在那些幽暗的格档里,还陈列着各式各样东方的奇珍异宝。无论是高低不平而又狭窄的人行道还是深深的巷子,到处人来人往;背着沉重货物的苦力①叫着要人让路,声音急促而尖锐;而沙哑的吆喝声则是小贩在沿街叫卖。

这时,一匹毛色光洁的骡子,拉着一辆北京来的轿车缓缓而行。车篷是淡蓝色的,硕大的车轮上装饰了一圈钉子。赶车人坐在一侧的车辕上晃荡着双腿。正是日暮时分,在一座寺庙那金黄、陡峭而奇异的大屋顶后面,夕阳将天边染上一抹红色。轿车默默地从你身边驶过,前面的百叶窗拉了下来,你不禁遐想,那盘腿坐在车中的究竟是什么人。也许是一位满腹经纶的饱学之士,正应邀前去拜访一位朋友,他们将秉烛夜谈,共同追忆那一去不返的唐宋盛世;或是一位歌女,身着优质绸缎制成的鲜艳衣裳,乌黑的头发上簪了一块翠玉,此刻正被召往一个宴会,在席上她要演唱小曲,还要与那些风流倜傥的公子哥们雅致地酬答。北京轿车似乎载着所有东方的神秘,消失在渐浓的夜色中。



① 苦力(coolie),旧时外国人对印度、中国等东方国家出卖力气干重活的劳动者的称呼。

## 二　女主人的客厅

“我想我完全可以把它改造一下。”她说。

她很快地打量了一下房间，富有创意的想象令她眼睛发亮。

它原先是城里的一座小寺院，被她买下来改造成住宅。它本来是三百年前善男信女们为一位高僧建造，他以无比的虔诚和苦行在这里度过了他的风烛残年。渐渐地，人们由于怀念他的美德，对他的信仰变成了一种崇拜。但随着时光流逝，庙宇也逐渐破落，最后，仅剩的两三个和尚也不得不离开了。它历经风吹雨打，绿色的琉璃瓦上早已长满野草。雕梁画栋上的朱红底色和描金的飞龙都已褪色，但仍不失其优美。但她不喜欢阴暗的屋顶，便用一块帆布挡上，糊了一层纸。为了通风采光，她在一面墙上开了两扇大窗。她正好有两块蓝色窗帘，尺寸也恰巧合适。蓝色是她最喜欢的颜色，因为她有着湛蓝的双眼。她觉得粗壮的深红色圆柱有些压抑，便在上面糊了一层纸。她也正好有足够的纸来糊四面的墙。纸非常漂亮，一点不像中国产的。虽是从当地一家铺子里买来，却很像是桑德森公司的货。用这种漂亮的粉红色条纹纸一装饰，房子给人的感觉就立马欢快多了。房间后壁有一个凹处，原先供着一尊入定的佛像，前面摆着一张很大的上漆香案，历代的香客曾在这里焚香拜佛，保佑今生的吉祥如意，乞求解脱尘世的烦恼。而对她来说，这里放一只美国产的壁炉是再合适不过的了。她只能在中国买地毯，但她精心挑选的地毯让你难以分辨它与英国阿克斯明斯特著名绒毯的区别。

当然,这种手工制成的毯子没有英国货那么光滑,但也算是很不错的替代品了。她还设法从一位离开中国去罗马赴任的公使手中买下一套非常好看的家具,并罩上了用鲜艳的、上海产的上等棉布做成的套子。她的艺术品位很高,在房间里挂上几幅画,布置几件结婚礼品和其他一些她自己收集的小玩艺,就让陋室变成了舒适的家。她还需要一架屏风,但在这里是买不到英国货的,她只好买一架中国屏风,不过正如她很巧妙地说的,就是在英国,有一架中国屏风也很不错。她还藏有很多镶着银框子的照片,其中一帧是德国施勒苏益格-荷尔斯泰因公主,另一帧是瑞典女王,两张上都签了名,她把它们放在三角钢琴上,这样屋子里就有了居家的氛围。当一切都布置停当之后,她满意地打量着自己的成果,说道:

“这儿和一间伦敦的居室比起来是差了点,但和英国某个好地方,比如切尔腾纳姆,或威尔士的顿桥,和那些地方的房子比起来,倒也不显得寒碜了。”

# 三　蒙古人首领

天知道他来自哪个神秘的远方。他一路上驰过蒙古高原崎岖的山道，那里群山绵延，碎石遍地，一片荒凉，是不可逾越的屏障；他又驰过护卫入关通道的城楼，直至来到一片古老的河床前才停下脚步，那里是通向中国的门户。河床周边环绕着起伏的丘陵，在早晨的阳光下亮闪闪的，又在河床上投下一道道阴影。几百年来，无数来往的商旅将满是砾石的河床踩出一条高低不平的道路。空气清冷，天高云淡。每天从晨光熹微到红日西沉，一年到头，来往的商队川流不息。商队中有载着砖茶的骆驼，它们来自七百英里之外的库伦①，前往西伯利亚；也有用温顺的阉牛拉的大车，排成长长的一列，或是三三两两由强健的矮脚马拉的车；而朝着反向的中国，也有无数商队的骆驼将皮毛运入北京的市场，还有那排成长龙的大车，不时也会有马群或羊群经过。但他的目光并未在这多样的场景上停留，似乎也并不注意这条路上还有别的行旅。他仅有六七个随从，个个风尘仆仆，马儿也疲惫不堪，但他们仍流露出剽悍的神情。他们前后相随，策马缓缓而行。他身着黑色的丝绸上衣，黑色的丝绸裤子，裤脚塞在顶部高高翘起的长统皮靴中，头戴一顶蒙古传统貂皮高帽。他上身挺得笔直，高傲地骑行在随从之前。在扬鞭策马时，他昂着头，目光坚定，令人怀疑他是不是在遥想当年，他的祖先便是沿着这条路进入中国，驰骋在中原肥沃的大地上，在富饶的城市中大肆劫掠。

① 今称乌兰巴托,蒙古首都。

## 四　漂泊者

早在认识他之前，我就听说过他的传奇故事，所以我期望他的外貌也与众不同。在我看来，似乎那些有着非凡经历的人，长相也很特别。但是我所见到的这个人相貌平平，毫无特别之处。他身材较常人矮小，有些瘦弱，皮肤晒得很黑，有一双棕色的眼睛。人未到而立之年头发就已变得花白。他看上去与常人没什么不同，也许你要和他见上五六次才能记住他是谁。如果你碰巧在一家商店的柜台后面或在代理事务所的板凳上见到他，你会觉得那些地方于他适得其所。不过就像你不会去在意柜台或板凳一样，你也不会对他留下什么印象。然而，恰恰是他平凡的外貌最终引起了你的好奇心：他那毫无特征的面容，让你想起满洲皇城的一堵空荡荡的宫墙，也许它的这一边是污秽的街道，但你知道另一边却是雕龙画壁，有着常人所不知的精妙复杂的深宫生活。

他的整个生涯就像一个传奇。他是兽医的儿子，早年是伦敦警厅的书记，后来在一艘驶往布宜诺斯艾利斯的商船上当服务员。船到目的地后，他便溜下船，以这样那样的方式游历了南美。在智利的一个港口，他设法搭船去了南太平洋的马克萨斯群岛，并在那儿与热情好客的原住民一起生活了六个月，后来他又搭上一艘帆船到了塔希提岛，在那里他做了一艘运送中国劳工去社会群岛①的旧船的二副，就这样到了厦门。

那是我遇到他九年前的事了，自那以后他一直生活在中国。一开始他在英美烟草公司找了份工作，不过几年之后，他觉得这工作太单调乏味，加上他那时已经懂得一些中文，就应聘为一家公司在全国推销专利药品。三年中他一个省一个省地推销药丸，最后终于攒下八百块大洋，于是又开始了四处漂泊的生活。

他开始了最为惊心动魄的冒险。他从北京出发穿越整个中国，旅途中他把自己打扮成一个中国的贫苦百姓，背着铺盖，带着旱烟管和牙刷。他投宿在中国的小客栈里，和其他赶路人挤在大炕上睡觉，也吃中国的饭菜。这可真不简单。他很少坐火车，大部分路途不是步行就是搭车或坐船。他穿越了山西和陕西，行进在狂风怒号的蒙古高原上，冒着危险在蛮荒的土耳其斯坦探险；他和沙漠中的游牧部落一起生活了数月，又跟着运输砖茶的商队穿过荒凉的戈壁滩。四年过去了，他终于花光了最后一块大洋，再次回到北京。

他想找份工作，最容易赚钱的工作似乎是写作。一家中国的英文报纸的编辑请他写一组游记。我想他唯一的困难是如何从如此丰富的经历中进行选择。有很多东西也许所有英国人中只有他知道：稀奇古怪的、引人入胜的、恐怖可怕的、有趣逗乐和意想不到的，什么样的东西他没见过呢？他一共写了二十四篇文章，我不敢说那是无法卒读的，因为文中反映出作者细致而饱含感情的观察；但在他的视野中事物都是杂乱无章的，而其实，那些只不过是艺术创作的素材。它们就像是陆军或海军军需库的物品清单，对一个充满想象力的人来说这是一座宝藏，但与其说那是文学作品本身，还不如说是文学创作的基础。他就像是一个野外科学工作者，耐心地

① 社会群岛（Society Islands），南太平洋法属岛屿之一。

收集无穷无尽的事实，但没有一点概括的能力，这些事实有待那些比他思维复杂的人去提炼。他所搜集的既不是动物，也不是植物，而是形形色色的人。他的藏品数量罕有其匹，但他对它们的理解是肤浅的。

当我遇到他时，我试图去辨识那丰富的阅历是如何影响他这个人的；可惜的是，他虽然是个快乐、友好的人，有着一肚子的奇闻轶事，也乐于叙说他的所见所闻，但是我却无法发现哪一段冒险经历曾深深打动过他。引导他做出那些古怪事情的冲动源于他与生俱来的古怪习性。他厌倦了文明世界，产生了一种远离陈规旧习的激情。生活中离奇的事物吸引着他，他有一颗不知足的好奇心。但我觉得他的经历仅仅是肉体的，没有转化成心灵的体验。这也许是为什么你会觉得他根本就是个平庸的人。他平淡无奇的外貌，恰恰是他平淡无奇的灵魂的最真实的说明，在那道空荡荡的宫墙后面，仍然空空荡荡。

那就是为什么他有如此丰富的素材，写出的文章却索然寡味，因为在写作中，更重要的不是丰富的材料，而是丰富的个性。

## 五　内阁部长

他在一间狭长的房间中接待了我。房间朝着一个铺有沙石的花园，低矮的灌木丛中，玫瑰已经凋谢，参天古树也已树叶飘零、了无生气。他让我在一张方桌旁的方凳上坐下，而他自己则坐在我对面。一位仆人端来了花茶和美国牌香烟。他是一个清瘦的人，中等身材，有一双瘦削、优雅的手；他透过金边眼镜望着我，那双又黑又大的眼睛中流露出一丝忧郁。他看上去像个读书人或是幻想家。他笑起来很亲切。他穿一件棕色的缎子长袍，上面罩了件黑色丝绸短褂，头戴一顶宽边低顶毡帽。

他微微地笑着问道："因为三百年前的满人是牧民，我们中国人今天都要穿这种长袍，这是不是很奇怪？"

我回答道："如果因为英国人赢了滑铁卢战役，阁下就要戴圆顶礼帽，那才奇怪呢。"

"你觉得那就是我穿长袍的原因？"

"我想这不难解释。"

我担心他那繁复的礼节会妨碍他向我问个究竟，便草草用几句客套话敷衍了过去。

他摘下帽子，望着它叹了口气。我打量了一下整个房间，地上铺一块绿色的布鲁塞尔地毯，上面织有硕大的花朵，靠墙摆着一圈精雕细刻的红木椅子。墙壁上挂着的书法条幅与镶着金色边框的油画相映成趣；那些书法均出自历代名家之手，而那些油画也精美异常，在九十年代①这些画作多半会陈列在翰林院。部长本人的办公桌则是一张美式书桌。

他表情忧郁地对我谈起中国的状况。中华文明，这一世界公认最古老的文明正在被无情地摧毁。那些从欧美留洋回来的学生正在把老祖宗数千年来建造的基业连根拔起，却又找不到东西来替代。他们根本不爱国，没有信仰，对圣贤也毫无崇敬之情。一座座寺庙因没有了香客和信徒而破败，它们昔日的盛况在这个礼崩乐坏的时代只能留存在记忆中了。

他随即摇了摇他那修长的贵族一般的手，把这个话题放在一边。他邀请我欣赏他的艺术藏品。他领着我在室内参观，向我展示价值连城的瓷器、青铜器和唐代的塑像。这之中有一匹从河南古墓中出土的唐三彩马，造型优美，有着希腊雕塑的精致的神韵。在他的办公桌旁，另有一张大桌子，上面摆着不少卷轴。他挑出一卷并拿着一端让我展开。这是一幅前朝的山水画，山间云雾缭绕，在我欣赏画作时，他则在一旁笑眯眯地注视着我。随后他把这幅古画搁在一边，又一幅接一幅地向我展示其他的画卷。我表示不愿意占用他这个贵人太多的时间，而他却毫不在意，仍然拿出一幅又一幅画来。他是一个行家。他还饶有兴味地向我介绍这些画作的年代和流派，以及那些绘画名家的风雅逸事。

“我希望你能欣赏我最珍贵的藏品，”他指着挂在墙上的卷轴说道，“它们代表了中国书法艺术的最高水平。”

“你是不是更喜欢书法一些？”我问道。

① 指19世纪90年代。

"正是。它们的美更为素雅,毫无矫揉造作之处。不过我能理解,一个欧洲人欣赏这种朴素雅致的艺术会有些困难,在我看来,你们对中国器物的趣味有些怪异。"

他拿出一些册页,我翻看着那些书页,画得太美了! 出于这个收藏家追求戏剧性的天性,他将最珍贵的一册留在了最后。那是一系列小张的花鸟画,虽只寥寥数笔,却栩栩如生,它们有着多么丰富的联想、多么伟大的自然情感和多么动人的温柔,确实令人叹为观止。几根嫩枝,开出点点梅花,就包含了春天所有鲜活的魅力;几只小鸟,竖着数根羽毛,便表现出生命中的搏动和颤栗。这是一个艺术大师的杰作。

"那些美国的艺术家能画出这样的作品么?"他带着怜悯的微笑问道。



但对我而言,这次见面中最奇妙的事情是,我从一开始就知道他根本就是个恶棍:腐败渎职、寡廉鲜耻、为达目标不择手段。他是一个搜括的高手,通过极其恶劣的手段掠夺了大量财富。他是个虚伪、残忍、报复心强、行贿受贿之徒,中国沦落到他所悲叹的这个地步,他本人也难辞其咎。然而,当他拿起一只天青色小花瓶时,他的手指微曲,带着一种迷人的温情,忧郁的目光仿佛在轻轻地抚摸,他的双唇微微张开,似乎发出一声充满欲望的叹息。

# 六 宴 会

## （一）使馆区

中阿银行①的瑞士董事通报到来。同来的是他那位高大、漂亮的妻子，她尽情地展现她的妩媚，以致让人觉得有些不安。有人说她做过妓女。一个稍早来到的英国未婚女子（身穿橙红色缎子衣服，挂珠子饰物）脸上带着淡淡的一丝笑意迎上前去。危地马拉公使和黑山代办一起走了进来。代办先生神情沮丧，他不知道这是一个正式宴会，以为只是小圈子里吃个便饭，也就没有把勋章戴上。而危地马拉公使身上星光闪耀！天哪，这怎么办？他一时觉得这几乎是个外交事故了，等两个穿丝绸袍子、戴方形帽的中国仆人端着鸡尾酒和点心拼盘走来，才使他心情有所好转。这时，一位俄国公主仪态万方地走进来。她一头白发，穿一件高领的黑色绸衣，看上去像是维克托里安·萨尔杜②剧中的女主人公——那位青春激情不复存在，眼下只是编编织织的老妪。她讨厌跟你谈托尔斯泰和契诃夫，但要是说起杰克·伦敦③，倒是兴致勃勃。她向已不再年轻的英国女子提了个问题，那女子没有回答。

“为什么你们英国人要写这样愚蠢的谈论俄国的书呢？”她问道。

此时英国公使馆的一秘出现了。他的到来像是个重大事件似的。他个子很高，秃顶，但举止优雅，而且穿着讲究。他惊讶但不失礼貌地瞧了瞧公使身上亮闪闪的勋章。黑山代办自以为是外交官中最会穿的人，但他没有把握英国公使馆一秘是否也这么想。他忐忑不安地上前要求一秘把对他所穿花边衬衣的看法坦率地告诉他。那个英国人夹起单片眼镜端详了一会，接着便对代办先生言不由衷地恭维了几句。人都来了，只是法国武官夫人不见影儿。他们说她总是姗姗来迟。

“她真让人受不了。”瑞士银行家那位漂亮的妻子嘀咕道。

最终她让大伙儿等了半个时辰，对此还不以为然。她款款地走进厅来。她高个，瘦削，鞋子的跟高得吓人，穿的衣服给人的印象是她似乎没穿什么。她一头拳曲的亚麻色头发，脸上浓妆艳抹，看去像是一个后期印象主义画家笔下的那位忍耐的格里泽尔达④。她走动时空气中便有着浓浓的奇异的香气。她伸出珠光宝气而又瘦骨嶙峋的手给危地马拉公使，几句玩笑话就让银行家妻子觉得自己那么落伍、土气、臃肿。她冲着英国女子说了句不雅的俏皮话，后者想到这位法国武官夫人出身名门也就没了脾气。武官夫人连喝了三杯鸡尾酒。

宴会开始了。谈话交替着用响亮、流转的法语或有几分滞缓的英语。他们说起刚刚从布加勒斯特或利马写信来的某某公使，又提及抱怨克里斯丁亚那⑤太单调或华盛顿太奢华的某某参赞夫人。总之，对他们来说，置身于哪个都城没多大的区别，因为在君士坦丁

① Banque Sino-Argentine 应是当时一家合资商业银行，但银行名称不详，此处采用直译。
② 萨尔杜（V. Sardou, 1831—1908），法国剧作家。
③ 杰克·伦敦（J. London, 1876—1916），美国小说家。
④ 中世纪传说中一个以温顺和忍耐著称的女人。
⑤ 挪威首都奥斯陆的旧称。

堡、伯尔尼、斯德哥尔摩和北京，他们都得按部就班地做同样的事。享受着种种外交特权，因有社会影响而感觉良好；他们好像生活在这样一个世界：哥白尼从不存在，日月星辰顺从地绕着地球转动，而他们就是地球的中心。没人知道那位英国女子为什么在这里，瑞士董事的妻子私下说她肯定是个德国间谍。但说起这个国家她可是权威。她告诉你中国人处事如此得体，你怎么也得见识一下慈禧太后，她是个可爱的好心人。你很清楚，在君士坦丁堡她会让你相信，土耳其人是如此完美的绅士，苏丹王妃法蒂玛是个可爱的美人，还讲一口漂亮的法语。她无家可归，但无论哪里，只要她的国家在那儿有外交使节，她就如在自己家里了。

英国公使馆一秘认为这个聚会不够纯粹。他说起法语来更像一个法国人，也许超过有史以来任何一个法国人。他是个有情调的人，天性中倾向正直。他只结识正直的人，只阅读正直的书；他欣赏的只是正直的音乐，关注的只是正直的绘画；他在正直的裁缝那里买衣服，只在那家可去的男装商店买衬衫。然而，你听他说话会昏昏欲睡。此刻，你满心希望他会泄露出对有些俗气的玩艺的喜好：即使他只是出于鲁莽的习性声称《灵魂的觉醒》①是篇杰作或《玫瑰经》②是一件艺术品，你还是会感到满心快乐。然而，他的情趣是无可挑剔的。他是完美的，你恐怕觉得他也知道这一点，因为他平静的脸上有一种忍辱负重的神情。另外，你还发现他写自由体诗歌，这下你可以松一口气了。



① 德国哲学家斯坦纳(R. Steiner, 1861—1925)于1913年写的一部剧作。
② 指天主教徒祈祷时所念的一种经文。

## （二）通商口岸

宴席的这种豪华排场如今在英国的餐桌上不多见了。红木餐桌上摆满了银质餐具。雪白的织花台布中央有一块黄色丝绸垫子，这玩艺儿你年轻的时候要在集市上见了多半是忍不住要买下的，垫子上是一只大水果盘。很高的银瓶里插着大把菊花，这使你看不清坐在对面的客人。高高的银烛台骄傲地挺立着，一对一对地排到桌边。每一道菜肴配上相应的酒，喝汤时有雪利酒，吃鱼时喝白葡萄酒。头道菜有两种，一道白色的，一道棕色的。九十年代细心的主妇会觉得要安排一次体面的正餐，这些都必不可少。

也许，席间的谈话比菜肴要单调，因为主人和宾客多年来几乎每天见面，每提起一个话题就逮住了使劲儿聊，很快就无话可说了，接着便是难堪的沉默。他们聊赛马、高尔夫球和打猎。他们可能觉得此间不宜触及抽象的话题，也没有政治可供他们商议。中国使他们厌烦透了，不想再提起。他们对中国的了解只限于他们的业务所需了解的，他们用不信任的眼光打量任何学中文的人。除非他是个传教士或公使馆的华人秘书，否则干吗要学中文呢？你可以每月花二十五个大洋雇个翻译，显然那些来这儿学中文的家伙脑子有问题。这儿可都是大人物。有怡和洋行的大老板和他的夫人、汇丰银行的经理和夫人、亚洲石油公司的老总和夫人、英美烟草公司老总和夫人及 B&S 公司老总及夫人。他们穿一身晚礼服，感觉有点不自在，像是对他们的国家尽一份义务，而不是为了舒适才换下套装的。他们来赴宴是因为他们无事可做，但当他们可以得体地告辞时，他们又会感到如释重负。他们相互之间也厌烦得要死。

# 七 天 坛

它向着苍天而立。三层圆形的汉白玉露台，一层高于一层，四道大理石阶梯，分列于东西南北四方。这象征着天球及四个基本方位。天坛被一个大花园围绕，花园又被一道高墙环绕。冬至标志着天时的周而复始。年复一年，冬至之夜，每一朝的天子都会来到这里，庄重地祭拜皇族先祖。斋戒净身之后，皇帝由亲王和大臣陪同，在侍卫的护卫下登上祭坛。王公大臣们各按其位，恭候皇上，乐工和舞者表演着仪式性的乐舞，在巨大火炬昏黄的火光下，官员们的朝服发出暗淡的光亮。在昊天上苍的牌位前，皇帝献上馨香、玉帛、珍馐和佳酿。他虔诚地俯下身子，三跪九叩。①

就在这个奉承天命主宰大地的君王叩首的地方，魏拉德 · B · 安特梅耶醒目地题下了他的姓名和家乡：哈斯丁，内布拉斯加②。源于他所听到的模糊传说，他试图将自己转瞬即逝的生命附丽于那神圣的缅怀之地。他认为通过这样做，在他死后人们仍能记住他的名字。他希望以这种直率的方式获得不朽。然而人的希望永远是虚幻的，当他刚走下台阶，旁边一个斜倚着栏杆，悠然望着蓝天的中国管理员便走上前去，在安特梅耶写下名字的地方狠狠地吐了口唾沫，又用鞋就着唾沫在上面来回擦拭。片刻之后，魏拉德 · B · 安特梅耶到此一游的痕迹就荡然无存了。

① 作者这里描写的应是北京天坛主要建筑之一的圜丘，是冬至“大祀”祭天之处。
② 美国一州州名。

# 八　上帝的仆人

两位传教士并排坐着，他们聊一些日常琐事，这是彼此想显示礼貌但又没有共同话语时常用的一种谈话方式。当被告知他们之间当然有共同的可敬之处：善意，他们会表示惊讶，而这也是共同的，因为他们都很谦逊；也许对英国人来说，这显得更审慎一些，然而比起那位法国人，就多少有些做作而不够自然了。另外，两人之间的反差也近乎荒谬。法国传教士八十岁了，个子高，身体结实，腰板硬朗；粗大的骨骼表明他年轻时有非同一般的体力。现在这种力量的标志只留存于他的一双大眼里了，你不会不注意到那奇特的眼神和闪烁的光芒。“闪烁”是形容眼睛的一个词，但我从未见过任何眼睛可用这个词如此贴切地来形容。确实有一团火在那双眼睛里面，而且就要射出光来。眼神中的一丝狂野很难说是理智的了。那是犹太先知的一双眼睛。他的鼻子大而直挺，下巴方而坚实。他从来都不是一个可以开玩笑的人，但他年轻时必定让人觉得可怕。也许他眼中的激情，诉说着内心深处的恒久的交战，他的灵魂在战斗中大声呼喊，浴血奋战，然而因胜利而狂喜，他欢欣地将未曾愈合的伤口奉献给全能者上帝。现在他的老骨头感到了寒冷，他裹着一件士兵穿的长毛外套，头上戴一顶中国式样的黑色貂皮帽。他是个了不起的人物。他来中国已有半个世纪了，中国人攻击他的传教活动，他曾三次死里逃生。

“我相信他们不会再来攻击了，”他笑着说，“因为我现在太老了，无法做这些艰难的旅行了。”他耸了耸肩，“我要做个殉难者。”

他点了一支长雪茄，很满足地喷出一口烟雾。

另一个年轻得多，他不会超过五十岁，来中国还不足二十年。他是英国圣公会传教团的成员。他穿一套花呢西装，打一条花点领带。他尽量让自己看上去不像牧师。他身材比常人略高一些，但因为胖，看起来像个矮胖子。他有一张娃娃脸，面颊红润，灰色胡须是那种所谓板刷状的。他完全秃顶了，但出于一种可理解的虚荣，他让一边的头发留得很长，梳起来盖过头皮，这样无论如何，他自己也以为他的秃顶盖得好好的了。他是个乐天派，会开怀大笑，当朋友之间互相打趣时，他的笑声响亮、坦诚、真实。他有着一个学童的脾性，你可以想象，当有人踩了块橘子皮滑倒时，他会笑得浑身乱颤。但笑声会停住，他会脸红起来，他突然想到这个滑倒的人可能受伤，于是他会满怀善心和同情。和他在一起，用不了十分钟就会懂得他的好心肠。你不可能觉得求他做什么事他会不乐意，也许开始时，他的诚心诚意未必能达到你的精神层面，但在实际交往中，你可以信任他的关心、同情和良知。他是一个钱袋常常向穷人敞开的人，而他的时间也总是为需要它的人服务。然而，或许说在灵魂事务中他的帮助不是非常有效，这不公平，因为，虽然他不像那位法国老人，用无可置疑的教会权威或苦行僧的狂热对你布道，但他会以真心实意的同情分担你的痛苦，他踌躇地安慰你时，不像一个牧师，而更像一个迟疑、怯懦，有着和你同样血肉的人。他寻求与你共享希望，他慰藉你时他自己的灵魂也得到重生，也许和别人一样，他用自己的方式做出某种奉献。

他的经历有些特别。他当过兵，他乐意说起那些往事：他和著名的猎狐俱乐部一起打猎,也曾在整个伦敦社交季翩翩起舞。他对过往的罪并不十分内疚。

“我年轻时是舞场高手,”他说,“但如今这些新花样,我可是外行喽。”

他对过去的好时光虽然没什么懊悔,但也并不留恋。当他在印度时,感召来了。他并不确切知道这感召怎样及为何而来,这是蓦然产生的一种感觉,他必须放弃他目前的生活,去将异教徒带往基督的信仰中去,然而这是一种他无法抗拒的感觉;他为此寝食难安。如今他是个快乐的人,喜欢他的工作。

“传教是一件缓慢的事,”他说,“但我看到了进展的迹象,我也喜欢中国人。人世间没有什么能改变我在这儿的使命。”



两位传教士互相道别。

“你什么时候回家?”英国人问。

“我? 哦,一两天吧。”

“那我可能见不着你了。我打算三月回家。”

然而,一个人所说的回家,是回他那个街道狭窄的小镇,他在那儿生活了五十年,他年轻时离开法国后,就再也没有回去过。而另一个则要回到英国柴郡的伊丽莎白庄园,那儿有着大片的草地和橡树林,他的祖先已经在那座庄园里生活了三个世纪。

# 九 客 店

天黑下来似乎很久了，轿子走了有一个钟点，一个苦力在前面打着灯笼。灯笼投下一圈淡淡的光亮，一路走来你隐约看见（犹如日常生活的长河中溅出的美丽浪花）一片竹林、泛着天光的一方水田，或者大榕树漆黑的影子。时而一个晚归的农民，挑着两只沉重的筐子，侧身走过去。轿夫走得更慢了，但一整天下来，他们还是很有精神，快活地聊着天；他们哄闹着，有人唱出一段不成调子的歌来。这时，路面突然陡峭起来，灯笼的光线照到一道粉刷过的墙上：你见到了城墙外路边的第一间难看的房子。再有两三分钟，就到了陡峭的台阶。轿夫们加快了脚步，抬着你进了城门。小街熙熙攘攘，店家依然忙碌。轿夫们粗声粗气地喊让路，拥挤的人群分开来，你通过紧挨着的好奇的人群，如同穿过两排密匝匝的树篱。他们的脸上没有表情，黑乎乎的眼睛神秘莫测地凝视着。轿夫们一天的活干完了，他们快走几大步突然停住，向右拐弯，进了一个院子，到客店了。轿子放了下来。

这家客店有一个狭长的院子，部分地方堆放着杂物，两边房间的门向着院子。店里点着三四盏油灯，在近旁投下昏暗的光线，反而使周边的黑暗更为厚重。庭院的前边挤挤地摆着几张桌子，吃饭或喝茶的坐得满满当当，有几个人不知在玩什么游戏。大火炉上，大锅里的水冒着热气，大盆里盛满了米饭。店里的伙计照应着，他们飞快盛上大碗的米饭，沏满不停端来的茶壶。靠里边，两个苦力光着上身，肩宽背厚，正在用热水擦洗。院子的尽头，面对大门，用一道帘子挡住窥视目光的是一间上等客房。

这是一个大房间，没有窗户，踩实的地面，房间相当高，这归功于整个客店的高度，而且没有天花板。墙粉刷过，露着屋梁，如此你会想起苏塞克斯的一间农舍。家具有一张方桌、两把有扶手的木椅、三四张简陋的木床，上面铺着草席，其中一张还算干净，你可以暂且当作卧床。一盏油灯的灯芯发出一丁点光亮。他们拿来了你的灯笼，你等着店里把晚饭做好。轿夫们现在说说笑笑的，他们卸下了肩上的重负，洗了脚，穿上干净的便鞋，吸起旱烟管来。

此时，一本大部头的书是多么宝贵啊（为了行装轻便，你随身只带三本书），你是怎样细细地读，唯恐漏掉每一页上的每一个字，如此你尽可能地拖延着必定读完的那个可怕的时刻！于是，你非常感激那些厚书的作者，在你翻着厚厚的书页，计算你可以读多长时间，你真希望再多出一半的书页来。你不要求书写得清晰明了，这样的书读起来会很快。一个句子需要读两遍才能明白意思的那种复杂的措辞并非不受欢迎；一个含义深广的隐喻，赋予你无限的想象；一个意义丰富的暗示，可满足你认知的快乐，这些都有着不可估量的价值。此外，如果书中的思想得到阐述，并无深奥之处（因为你天亮就上路，一天四十英里的路程一半得用脚走），这种场合下你算是有本好书了。

店里突然一阵喧闹，你看见门外来了许多旅客，一伙中国人坐着轿子到了。他们占用了两边的房间，隔着薄薄的墙，你听见他们大声说话直到深夜。

你全身感受着躺卧的舒坦，得到一种疲劳后肉体松弛的快感；

你目光困倦、闲散，浏览着门上精致的木格。院子里微弱的灯光透过糊在门上泛黄的纸张，背光的那一面黑黑的，看不清它的复杂图案。最终一切都沉寂下来，唯有隔壁一个男子痛苦的咳嗽声。这是一种痨病似的反反复复的咳，听他整夜不停地咳，你不禁怀疑这个可怜的家伙还能活多久。你庆幸自己有着强壮的体魄。这时一只公鸡高声啼叫起来，好像就在你耳边；不远处，一个号手吹响喇叭，一声长长的爆破音，随之一阵悲伤的呜咽；客店再次骚动起来；灯点上了，苦力们整好行囊，准备上路。

# 十　小阁楼

这个小阁楼位于杂货铺的一角，就在天花板下面，你要踏着像轮船上的升降梯那样的梯子才能上去。它是用几块四英尺高的木板从店里隔开来的，所以当你坐在桌边的板凳上，整个店铺和堆栈的货物都一览无余。这里堆放着成捆的绳索、一捆捆油布、厚重的渔民穿的胶靴、防风灯、火腿、罐头食品、各种酒类、可以带回家送给妻儿的小玩意，还有服装以及我说不上来的很多东西。这里可以提供一艘外国轮船在一个东方港口所需要的一切。你可以观察那些中国人，店员和顾客，他们露出一种愉快的神秘表情，好像在进行什么见不得人的交易。你可以看到进出店铺的人，如果恰好是你的朋友，便可把他喊上小阁楼来。从宽阔的店门口向外望去，你可以看见阳光曝晒下的石板路面，苦力们正挑着沉重的担子匆匆而过。中午时分，一帮老主顾在小阁楼里聚会了，两三个领港员、汤普森船长和布朗船长——这两位都在中国海上航行了三十年，如今在岸上找到了安逸的工作——还有一位从上海来的不定期货船的船长，以及一两家茶行的大班①。侍者静静地站着等候吩咐，随即拿来了酒水和骰子筒。一开始大家还只是闲聊几句，诸如前几天有艘船在去福州的路上沉没了；那个小伙子麦克莱恩，“安昌号”的轮机员最近打牌赢了不少钱；领事夫人乘坐“皇后号”从国内返回了……与此同时，骰子筒在他们之间传递着，输了的人记上账，大家把杯里的酒喝完，于是新的一轮又开始了。侍者再次送上酒来。此时，这些感觉迟钝、脾性执拗的汉子们开始打开话匣子，说起了陈年旧事，其中一个领港员差不多五十年前就到这港口来了，啊，那才是辉煌的日子。

“那时你真该来看看这小阁楼，”他微笑着说。

那个时候茶叶生意很红火，港口总是停着三四十条船等候装货。大家口袋里都有钱，小阁楼就是港口生活的中心。如果你想找人，哪儿都不用去，就上这小阁楼来，他要是不在这儿，就在来这里的路上。代理人来这里和船长们谈生意，医生也不坐诊，他每天中午上小阁楼来。如果有人不舒服，他就在这儿给他诊治。那时人们都能喝，他们会坐着从中午一直喝到天黑。如果饿了，侍者就端来吃的，于是他们再喝上一整夜。小阁楼是他们发财和破财的地方，因为他们那时都是赌徒，会在一局纸牌上压上所有的赢利。那真是难得的好时光啊。现在贸易不景气，贩茶的商船也不再涌来，港口日渐衰落，而那些年轻人，亚洲石油公司或怡和洋行的那些年轻人，根本瞧不起这小阁楼。就在这位领港员回忆的时候，这昏暗肮脏的小阁楼里，这污渍斑斑的桌子边，似乎在一瞬间又挤满了那些强壮、鲁莽和勇于冒险的老船长，似乎又回到了那一去不返的日子。



① 旧时对洋行经理的称呼。

# 十一 恐 惧

旅途中我和他住过一晚。教堂就坐落在城外的小山上,这是一个人烟稠密的城市。起先我注意到的是他有着与众不同的情趣。传教士居室的陈设通常过于讲究,拘泥形式。客厅像是没人住的房间,糊着华丽的壁纸,墙上挂着《圣经》经文、感伤的雕版画——"灵魂的觉醒"及卢克·费尔德①的《医生》——或者,要是这个传教士在中国住久了,就会挂一些写着庆贺之词的红纸卷轴。地板上有一块布鲁塞尔地毯,如果户主是美国人,就会有几张摇椅,而户主是英国人,则在壁炉两边摆着硬木扶手椅。一张沙发摆得不是位置,没有人会坐在上面,那难看的式样也不会有人愿意落座。窗子上挂着花边窗帘。还可以看见几张桌子,上面放着几帧照片和几件现代瓷器。餐厅倒像是常用,但一张大餐桌几乎占去了全部空间,你坐下时得小心,别被挤进壁炉里去。然而你看温格罗夫先生的书房,书从地板堆到天花板,书桌上文件零乱,墨绿色绒布窗帘,壁炉上方是一面西藏的旗子。壁炉架上摆了一排西藏佛像。

"我不知道这是怎么回事,你把这儿整得就像是学校的居室一样。"我说。

"你这么认为?"他答道。"我做过奥利埃尔学院②的指导老师。"

我估计他近五十岁了,高个子,虽然还不胖,但保养得很好,灰色的头发剪得短短的,脸色红润。有人会想他必定是一个喜欢玩笑的乐天派,一个健谈又好相处的人;然而他的眼睛却让你困窘:它们阴沉沉的,没有笑意;在我看来,那是受折磨的人的眼神。我怀疑我是否在他不便时打扰了他,他也许正为什么烦人的事心神不安,然而,我还是觉得这不是一时的神色,而是常有的状态,只是我明白不了。他表现出的那种焦虑,你会以为是心脏病的某种症状。他聊起一件又一件事,随后说:

“我听见我妻子回来了。我们去客厅好吗?”

他引着我走进客厅,将我介绍给一个瘦小的妇人,她戴着金丝眼镜,神态腼腆。她显然属于与她丈夫全然不同的阶层。大部分传教士有着各种美德,但并不拥有那些我们可以称为良好教养的品质。他们或许是圣徒,但不常是绅士。眼下我意识到,温格罗夫先生是个绅士,因为明摆着他太太不是一个贵妇。她说话有一种粗俗的腔调。客厅布置的方式是我此前未曾在传教士寓所见到过的。地板上有一张中国地毯。黄色的墙上挂着几幅中国古画。两三块明代瓷片泛出些许亮色。客厅中央摆着一张黑檀木桌子,雕刻精致,桌面上有一尊白瓷人像。我随口恭维了几句。

“我倒并不在意所有这些中国的东西,”女主人爽快地回答说,“但温格罗夫先生要这么摆。按我的意思我就把它们都清理出去。”

我笑了,倒不是因为觉得有趣,我随之发觉温格罗夫先生眼中冷冷地闪过一丝憎恨的神情。我有些震惊。但这眼神一闪而过。

---

① 卢克·费尔德(Luke Filde, 1843—1927),十九世纪英国画家。
② 奥利埃尔(Oriel)是英国牛津大学的著名学院,创立于1326年。

“亲爱的,要是你不喜欢它们,我们就不要好了,”他温和地说,“可以把它们拿走。”

“哦,要是你看了开心,我不在乎。”

我们开始谈起我的旅行,说话间我偶然问起温格罗夫先生多久没回英国了。

“十七年了。”他说。

我感到意外。

“每七年你不是有一年休假吗?”

“是的,不过我没想要休假。”

“温格罗夫先生认为离开去休假一年对工作不利。”他妻子解释说。“当然,他不走我也不走。”



我想知道他是怎样到中国来的。这次拜访中一些具体的细节吸引了我,你时常发现有些人乐意谈论细节,但你不能靠他们所说的,而得从那些话的言外之意来形成你自己的看法;不过,我并不认为温格罗夫先生是一个可以直接或间接诱导去谈论私人经历的人。他显然非常严肃地看待自己的工作。

“这儿还有别的外国人吗?”我问。

“没有。”

“你一定很孤单?”我说。

“我想我愿意这样。”他看着墙上的一幅画答道。“他们只是一些生意人,你知道,”他笑笑,“他们对传教士没什么用处。此外,他们也没有很高的才智,所以不跟他们来往也不是什么大痛苦。”

“其实我们并不真正孤单,你知道。”温格罗夫太太说。“我们有两个福音派教士,两个教课的年轻女子,还有学校的孩子。”

茶端上来了,我们随意闲聊着。温格罗夫先生像是在勉强交谈,我也越发感到他因压抑而烦扰的心情。他态度和蔼,那当然是努力表示友好,这样,我也有了一种应付的感觉。我把话头引到牛津,提到几个他可能认识的朋友,但他没有鼓励我的意思。

"我离家这么久了,"他说,"我也没跟什么人保持联系。传教活动有很多的事要做,它占用了一个人的全部精力。"

我想他有点言过其实,于是我说:

"那倒是,你有那么多的书,我想你读书一定花了很多时间。"

"我很少读书。"他直截了当地回答,那语气我知道已经不像他自己了。

我感到困惑。这个人确有些古怪。最后,我想这也是难免的,我们开始说起中国人来。温格罗夫太太说的有关中国人的话我已经听传教士说过无数遍了。他们好说谎,不可信任,残忍,肮脏,但一线微弱的光可以在东方看到了;虽然传教工作的成果还不很显著,但未来是光明的。他们不再迷信旧的神明,读书人的权力也被打破了。这是一种经乐观主义调和了的怀疑和厌恶的态度。然而,温格罗夫先生缓和了他妻子的苛刻之词。他详细讲述了中国人的善良天性,讲到他们对父母的孝敬,也讲到他们对孩子的疼爱。

"温格罗夫先生听不得一个字说中国人不好,"他妻子说,"他就是喜欢他们。"

"我认为他们有崇高的品德,"他说,"你经过那些拥挤的街道,不可能没留下很深的印象。"

"我相信温格罗夫先生没注意到那些味道。"他妻子笑着说。

这时有人敲门,随之走进一个年轻的女子。她穿着长裙,没有裹脚,是个本地基督徒,脸上有一种既畏怯又不悦的神色。她对温格罗夫太太说了些什么。我恰好注意到温格罗夫先生的脸。当他看见女子进来时,他脸上现出极为厌恶的表情,仿佛有一种臭味恶心得连脸都扭歪了,但这表情又很快消失,脸上弄出一丝愉悦的笑容;但这太刻意了,结果只是显露出一个苦恼的怪相。我惊奇地看着他。温格罗夫太太说声"对不起"就起身离开了客厅。

"她就是我们的一个教师,"温格罗夫先生说,还是那种多少让我疑惑的语气。"她是很难得的。我对她非常信任。她人品很好。"

虽然我很难知道为什么,但在这瞬间我看见了真相。我看见的是,他的感官所喜爱的,他的灵魂就厌恶。我兴奋异常,犹如一个探险者艰难跋涉后,来到一个意想不到的陌生的国度。那双苦恼的眼睛,那种做作的语气,赞美人时那种斟酌拘谨,那逃犯似的神情都是很好的说明。不管他说什么,其实他憎恨中国人,比起这种憎恨来,他妻子的厌恶之情就微不足道了。当他走过城里挤满人的街道,他会感到极度的痛苦,他的传教士生活使他反感,他的灵魂好像苦力们擦破皮的肩膀,被扁担烧灼流血的伤口。他不想回国,因为他不愿再见到他如此心仪的一切;他不想读书,因为这会让他回忆起他那么热爱的生活;或许他娶这么一个普普通通的老婆,是为了把自己同他天性中渴望的世界更坚决地斩断。他以殉难者的激情来折磨自己痛苦的灵魂。

我努力想弄明白那感召因何而来。我想他在牛津多年安逸的生活是幸福美满的,他喜欢他的工作,有朋友和书籍陪伴,去法国和意大利度假。他心满意足,希望人生余下的岁月亦如此度过,他没有其他的奢侈之念。然而我不知道是怎样隐秘的感情慢慢抓住了他，使他觉得自己的生活过于懒散，过于满足；我想他一直是个虔诚的人，也许某种早先的信念——至高无上的上帝憎恨他的造物在尘世的欢乐——早就灌输进他幼小的心灵，后来久久地遗忘，现在却在他内心深处再次泛起。我想因为他对生活如此满意，他就开始认为这是有罪的。一种无休止的焦虑攫住了他。无论他在智性层面上思考什么，他的感官却开始因害怕永恒的惩罚而颤抖。我不知道他怎样产生来中国的念头，但起初他必定极为反感而加以拒斥；也许正是这极度的反感将这一念头烙在他的脑海里，因为他发觉这念头萦绕于心难以释怀。他说不去中国，但他还是觉得应该去。上帝在追逐他，无论他藏在哪儿，上帝都跟着他。他理智上极力挣扎，但他的心灵被逮住了。他无能为力了。最终他顺服了。



我知道以后不会再见到他了。在一种合理的亲近可以让我提及更私下的话题之前，我不想将时间浪费在应酬上。于是我抓住我俩仍然单独相处的机会。

“告诉我，”我问道，“要是中国人不接受基督的信仰，你相信上帝会判他们永恒的惩罚吗？”

我明白我问得粗鲁，不够婉转，因为这位老人抿紧了嘴唇。然而他还是作了回答。

“福音的全部教导势必让人得出那个结论。没有人可以引证耶稣基督的明白有力的话而得出相反的结论。”

# 十二　画

我不清楚他究竟是个要到省城办事的官员，还是某个去一家高校就职的学者，更不知什么原因把他羁留在中国那些邋遢的小客店中最不能驻足的一个。也许是因为他的轿夫躲到别处去抽鸦片（这一带鸦片很便宜，所以你得准备你的苦力会给你带来一些麻烦）不见了人影，或者是一场突如其来的暴雨让他不情愿地做了一个钟头的囚徒。

房间低矮，伸手就能触及屋梁。泥土墙上，刷过的石灰早已斑驳，肮脏不堪。四周的木板床上铺了稻草，那是为苦力准备的，他们是这儿的常客。只有太阳才能让你忍受这里令人沮丧的污秽。一道金色的光芒从格子窗户照进来，在踩实的泥地上投下一种复杂而缤纷的图案。

为了打发时光，他取出石砚，加了点水，用一块墨研磨了一会，随后他举起那支用来写一手好字的毛笔（他对自己的书法造诣很是得意，他那些写有孔圣人警句格言的卷轴是馈赠朋友的佳礼）在墙上挥毫画了一株梅花，一只小鸟立于其上。虽是一挥而就，却游刃有余。我不知是何种好运给了画家这般灵感：鸟儿在枝头雀跃，而梅花娇嫩羞涩。和煦的春风似乎从画中拂面而来，吹进这陋室，而在这一瞬间，你便领悟了永恒的真谛。

# 十三　国王陛下的代表

他身材比常人略微矮些，有一头坚硬的棕色短发，留着牙刷似的小胡子。透过玻璃镜片，他的一双蓝眼睛直瞪瞪地看着你，有几分变形。他那傲气十足的外貌像是一只好斗的公雀。他请你坐下，询问你所要办的事情，而同时，他又在桌子上零乱的文件中寻找什么，似乎你打扰了他处理重要的公务，给你一种他想方设法要把你打发走的感觉。他公事公办的架势无疑已修炼到家。你不过是所谓的公众，一个躲不掉的小人物，你存在的唯一证明便是照吩咐的去做，不要争辩，也不要拖延。不过就是官老爷们也有自己的弱点，有时碰巧他心浮气躁，完不成公务，便会向你大倒苦水。和他打过交道的人，特别是传教士，觉得他颐指气使，目中无人。而他会信誓旦旦地说，他觉得很多传教士人还是很好的，但也有不少是不学无术，无理取闹的，他不喜欢他们那种态度。他的辖区内住的大都是加拿大人，他私下不喜欢他们，不过你要说他摆出一副瞧不起人的样子（他把夹鼻眼镜夹得更牢了一些），那可是大错特错了。正相反，他是用自己的方式去帮助他们，不过，他从来都是坚持己见而不以他们所想要的方式。听他说话而不笑是很难的，他说的每一个词都会让你觉得，他对那些不幸的手下一定很窝火。他的态度很糟糕。他那种激怒人的本事已发展到登峰造极的地步。总之，他是一个爱虚荣、坏脾气、自以为是、令人厌烦的小人。

革命①期间，敌对双方在城中激战，四处燃起大火，他为了交涉侨民安全事务前去拜访南方总督。在去衙门的路上他遇见三名囚犯被押往刑场，他拦住行刑队的长官，在得知这三人是战俘后，他强烈抗议这种野蛮行径。那个长官，用我们这位领事的话说，粗暴地告诉他，他必须执行命令。领事火了，他不允许一个可恶的中国官员对他用这样的口气说话。两人随即吵了起来。总督得知发生了什么事后，派人请领事直接去见他，但领事拒绝离开——除非那三个吓得要死的可怜家伙置于他的保护之下。那长官挥手叫他走，同时命令他的士兵举枪瞄准。这时，领事——说到这里我能想象他扶了扶眼镜，愤怒得头发根根竖起——走上前，挡在枪口和三个可怜的囚犯之间，他咒骂那些士兵并让他们开枪。这引起一阵迟疑和骚动。很明显革命军并不想对一个英国领事开枪。我想他们进行了紧急磋商，随后三名囚犯被交给了领事，于是这位矮个子凯旋般地大步走回自己的官邸。



"该死，先生，"他怒气冲冲地说，"我几乎以为那些长着可恶嘴脸的家伙要对我开枪呢！"

英国不乏这样一些古怪的人，如果他们的举止能像他们的勇气一样可嘉，那么他们对自己的评价倒也不是在自吹自擂了。



① 作者文中所说革命，应指1911年中国的辛亥革命。

## 十四　鸦片烟馆

舞台的布景无疑令人印象深刻，灯光昏暗，房间低矮又污浊。房间角落有一盏灯，光线暗淡，照得人影有些可怕。香气弥漫，使整个戏院里充满了奇异的气息。一个留着长辫的中国人踱着步，冷漠而阴郁，在破旧的床铺上，躺着几个大烟的受害者，精神麻木，他们中不时有人发出癫狂的胡言乱语。还有个颇具戏剧性的场面，某个可怜的家伙付不起钱以满足他的烟瘾，就向恶毒的老板再三乞求，希望能抽一口以缓解自己极度的痛苦。这样令人不寒而栗的事我也在小说中读到过。

我被一位伶牙俐齿的欧亚混血儿带到一个鸦片烟馆，走上狭窄、盘旋的楼梯，在他的安排下准备感受一次我所期待的毛骨悚然的体验。他领我进入一间干净明亮的房间，它被分成许多小的隔间，垫高的地板上面铺着干净的地毯，形成一个简便的铺位。其中一个铺位上有一位年长的绅士，头发灰白，手十分秀气；他在安静地读着报纸，长长的烟枪放在一边。另一个铺上躺着两个苦力，他们把烟枪放在中间轮流享受。他们都是年轻人，显得精神饱满；他们对我露出友好的微笑，其中一个还请我抽上一口。在第三个铺位上，四个男子正盘坐在棋盘四周下棋。不远处有个男子在逗弄一个婴儿（不可理喻的东方人对孩子有着特殊的感情），而孩子的母亲，我猜就是店主的妻子，一个身体丰满、面容姣好的妇人正望着他，嘴角露出灿烂的笑容。这地方真令人愉快，像家里一样，舒适而温馨。

它令我想起柏林那些我最喜欢的小酒馆,每天晚上,劳累了一天的人们常在那里享受安逸的时光。

虚构总是比事实更离奇。

## 十五　最后的机会

很明显，她到中国是来嫁人的，这可真是可怜，而更悲惨的是，这个通商口岸的所有单身男人都知道这一实情。她身材高大、体形笨拙、大手大脚，还有一个大鼻子，确实，她的五官都很大，但她的一双蓝眼睛很美。或许她自己也多少知道这一点。她是个三十岁的金发女子。白天当她穿上适宜的皮靴、短裙，戴上宽边的帽子，她还是挺漂亮的；但夜晚来临，她穿上一件不知哪个土裁缝照着时装图裁剪出的蓝色的丝绸礼服，好衬托出她湛蓝的双眼时，但让自己变得迷人的这一努力却让你感觉极其不适。她对任何单身汉都不嫌弃。当他们中的一个说起打猎时，她兴致勃勃，而当另一个人谈及茶叶运输时，她也听得入迷。他们谈论起下周可能要举行的赛马，她便少女般地拍起巴掌来。她想尽一切办法和一个年轻的美国人跳舞，设法让他答应带她去看棒球赛；但跳舞并不是她唯一的喜好（再好的事久了也会腻烦），当她和一家大公司的代办，一个老单身汉在一起的时候，她就只喜欢打高尔夫球了；她乐意让一个在战争中失去一条腿的年轻人教她打台球，同时也把她活力十足的心思放在一个和她谈论对银元看法的银行经理身上。她对中国人没什么兴趣，因为这个话题在她所在的圈子里并不受欢迎，但作为一个女人，她也会情不自禁地为中国女人所受的压迫打抱不平。

“你知道，她们没法决定嫁给怎样的人。”她解释道。“一切都是由媒人从中安排的，结婚前新郎甚至都没有见过那姑娘。这毫无浪漫可言,而至于说爱情……”

她说不下去了。她完全是个善良的人。无论那些单身汉是年长是年少,娶了她都会得到一位贤惠的妻子。她自己也清楚这一点。

# 十六　修　女

宁静的白色修道院坐落在绿树掩映的山上。当我站在大门外等候被引见时，我俯瞰着太阳下波光粼粼的褐色河水及对岸连绵的群山。院长嬷嬷接待了我，这是一位年轻文静、面容和蔼的女士，她的嗓音柔和，语调一听就知道她来自法国南部。她领着我去看那些收养的孤儿，她们正忙着用从修女那儿学来的手艺编织花边，见到我们，都羞涩地笑着；她又领我去参观医院，那里收留了一些身患痢疾、伤寒或者疟疾的士兵，他们都显得肮脏邋遢。院长告诉我她是巴斯克人①，修道院窗外的群山让她想起比利牛斯山脉。她来中国已经二十年了。她说有时候想到再也见不着海了会很难受，而在这条河边，离大海可是千里之遥；因为我知道她所出生的国家，她对我略微谈到那些翻越比利牛斯山的完好的道路——啊，中国可没有那么好的路——和山下的葡萄园，美丽的村庄，小溪在山脚静静地流淌。但是中国人都很善良。孤女们手脚灵活，也很勤奋；中国人愿意娶她们做老婆，因为她们在修道院里学会了有用的手艺，就是结婚后也能靠做针线赚点钱。这些士兵也不像人们所说的那样坏，毕竟他们只是些可怜的小人物，他们并不想当兵；他们只想着快些回家种田去。他们对在病中护理他们的修女也心存感激。有时当他们坐着轿子赶路，碰见两个刚从镇上买了大包小包东西回来的修女，他们会提议把包裹放到轿子上去。其实，他们的心并不坏。

"他们就没有提出让修女们坐轿子而自己走路吗？"我问道。

"修女在他们眼中只是一个女人,"她宽容地笑了笑,"你不能向人们要求超出他们所能给予的东西。"

这话多么确切,想起来又多么残酷呀!





① 巴斯克人是欧洲比利牛斯山西部地区的古老居民。

# 十七　亨德森

你见了他难免会发笑,因为他的模样就立刻告诉你他是怎样一个人了。你看见他在俱乐部读《伦敦信使报》,或懒洋洋地靠着吧台,一杯杜松子酒或苦啤酒(他不喝鸡尾酒)放在手边,他这种不俗举动会吸引你的注意;但你立马认出他来,因为他正是他那个阶级的一个样本。他的不合常规正是一种优雅的常规。他身上一切都合乎标准,从脚上结实的方头皮鞋到一头零乱的长发。他穿一身宽松、式样有些旧但是做工考究的衣服,低矮的领口露出粗壮的脖子。他总是抽一支木质短烟斗。就抽烟而言,他是很有幽默感的。他是大个子,体格健壮,有一双好看的眼睛和一副甜美的嗓音。他能说会道。他的话多半有些不雅,这并非因为他的心灵不纯,而是他有着平民化的喜好。瞧他那种神态,你可以猜想(不是事实而是在精神上)他和切斯特顿先生①喝过啤酒,和希莱尔·贝洛克先生②在苏塞克斯高地一起旅行。他在牛津大学踢足球,但当着威尔斯先生③的面,他又瞧不起这座古老的学府。他认为萧伯纳先生有些过时,而仍然看好格兰维尔·巴克④。他和席德尼·韦布⑤夫妇作过多次认真的交谈,他还是"费边社"⑥成员。他每每将这同一个世界视为轻浮,唯独欣赏俄国芭蕾舞。他写打油诗,有关妓女、狗、灯柱、感化院、小酒店和乡村牧师的住宅。他嘲笑英国人、法国人和美国人,但反之(他不是一个愤世嫉俗者),他听不得说泰米尔人、孟加拉人、卡菲尔人⑦、德国人或希腊人的坏话。在俱乐部,人们觉得他多半是个激进分子。

"一个社会主义者,你知道。"他们说。

然而,他是一家著名大公司的小股东。中国的一个怪现象是,人的地位可以为其行为辩护。一个人名声不好,因为他打老婆,但如果你是一家良好信誉的银行的经理,人们就会对你友善,请你吃饭。所以,当亨德森宣扬他的社会主义观点时,他们笑笑而已。他刚到上海时拒绝坐黄包车。黄包车车夫,跟他一样是人类的一分子,却到处拉着他,这有违他关于个人尊严的思想。所以他走路。他保证说这是一项很好的锻炼,能使他保持健康;此外,走路让他口渴,而他宁愿花上二十大洋来解渴,他也喜欢喝啤酒。但上海天气很热,有时他急于赶路,所以偶尔也不得不使用一下这种有辱人格的交通工具。这使他颇不自在,但无疑十分便利。现在他经常坐黄包车了,但他总是想到这两根车杠中间的伙计是一个人,一个兄弟。



我见到他时,他到上海已经三年了。我们一起在这座中国城市度过一个上午,从这家商店逛到那家商店,黄包车车夫满头大汗,时不时用破手巾擦额头。我们正在去一家俱乐部,快要到的时候,亨德森突然想起他要买伯特兰·罗素[8]的一本新书,这本书刚到上海。他叫车夫停下,要他们往回拉。

---

① 切斯特顿(G. K. Chesterton, 1874—1936),英国作家。
② 贝洛克(H. Belloc, 1870—1953),英国诗人。
③ 威尔斯(H. G. Wells, 1886—1946),英国科幻小说作家。
④ 巴克(H. G. Barker, 1877—1946),英国剧作家。
⑤ 韦布(S. Webb, 1859—1947),英国经济学家。
⑥ 费边社(Fabian Society),1884 年成立于英国,主张用缓慢渐进的方式实现社会主义。
⑦ 南非说班图语的部分居民。
⑧ 罗素(B. Russell, 1872—1970),英国哲学家。

“我们不可以午饭后再去买书吗?”我说,“这两个家伙汗出得像水里捞起来似的。”

“这对他们有好处,”他答道,“你不必去关心中国人。你明白,我们在这儿是因为他们害怕我们。我们是统治的民族。”

我没说什么。我甚至没有笑。

“中国人总得要有主人,而他们也总是愿意如此。”

一辆汽车从我们中间开过,他再次靠过来时就不提刚才的事了。

“你们这些住在英国的人不知道新书到这儿对我们意味着什么,”他议论道,“我读伯特兰·罗素写的每一本书。你读过他的这本新书吗?”

“《自由之路》? 读过。我离开英国前读过。”

“我看过几篇评论,我认为他提出了一些有趣的观点。”

我想亨德森要进一步发挥了,这时黄包车车夫错过了要拐弯的地方。

“在街口拐弯,你这个该死的蠢家伙,”亨德森叫起来,同时为使他的话更有分量,往车夫的屁股上狠狠地踢了一脚。

# 十八　黎　明

这仍然是夜里，客店的院子里还是黑沉沉的。灯笼忽明忽灭的光线投在苦力身上，他们在忙着打点行装准备上路。他们又是喊，又是笑，相互间吵吵嚷嚷，闹成一团。我出门来到街上，一个男孩提着灯笼走在前面。这家那家紧闭的门里边公鸡在啼叫。但许多的店铺，门板已经卸下，不辞辛劳的人们又开始了他们的一个长日。这儿，一个学徒在清扫地面，那边，一个汉子在漱洗。油灯里点着的灯芯就是他全部的光亮了。我经过一家早点铺，有几个人坐着吃早饭。过道的门关着，但一个看门人让我从边门通过，我沿着城墙行走，一条小溪缓缓流淌，映出点点星光。随后，我来到巨大的城门前，这时城门已经半开。我漫步出城，在那儿，魔幻一般等着我的，正是黎明。这个白日、这条大道和这片广阔的原野展现在我的面前。

我熄灭了灯笼。身后的黑暗渐渐淡去，化为一片紫色的晨霭，我知道它很快就会变成玫瑰色的红晕。我已能清楚地辨认出那条道路，稻田的水泛出暗淡而朦胧的光来。现在已不再是黑夜，但还不是白天。这是一个最具有魔幻之美的时刻，山坡和谷地，树林和河流，都有着一种仙境般的神奇。因为太阳一旦升起来，世界一时会无精打采，光线冷冷的、灰暗的，如同在画室中一样，大地上也没有了明暗交织的多姿多彩。沿着一座树木葱茏的小山，我眺望山下的稻田。但是称之为田未免有些夸大。它们大多是月芽形状，一道低一道沿坡而筑，这样便于灌溉。山谷里长着松树和竹子，好像有个灵巧的园丁亲手种植，既巧于安排，又自然天成。在这迷人的时刻，你无须将此视为卑微劳作的田地，而可以看成皇帝行乐的御花园。在这儿，他把国事放在一边，身穿黄色龙袍，戴着珠宝手镯，与美丽的妃子一起游乐。若干年代之后，人们自然认为一个朝代的覆灭是因了美人。

此时天色越来越亮，稻田中升起一片雾气，往上漫到山腰。眼前的景色千姿百态，美丽如画，这正是中国古代艺术大师最爱取之入画的。那些小山，树木一直长到山顶，沿山脊的一排松树在蓝天的映衬下，成为一道坚实的轮廓；群山绵延，烟雾缭绕，自有一种姿态，给这幅图画添上完美的一笔，但仍留下丰富的想象空间。竹林往下伸展到了堤边，纤细的竹叶在微风中婆娑起舞；它们有一种出自名门的优雅，看去宛若大明王朝的一群倦怠的贵妇在大道边休憩。她们刚去过某一座寺庙进香，丝绸衣服上绣着缤纷的花朵，头发上簪了珍贵的翠玉。她们有着一双小脚，三寸金莲。她们歇息片刻，娴雅地说些闲话，她们岂不知道教养的最佳用途正是美妙的闲谈？过后，她们莲步轻移，坐进轿子，又要起程了。路途逶迤，我的上帝，这些竹子，这些中国竹子，由着神奇的雾霭而变幻着，看上去像是英国肯特郡田野上的蛇麻子草。你还记得香甜好闻的蛇麻子草和丰美的青草地吗？还记得海边的铁路线、闪亮的长海滩和凄凉灰暗的英吉利海峡吗？海鸥在冬天的寒冷里飞翔，那忧郁的叫声真是让人难以承受。

# 十九　荣誉攸关

没有什么比两个不同国家所持有的关于对方特性的古怪想法，更能妨碍他们之间的友好关系了，或许也没有哪个国家像法国那样因邻国的这种错觉更受伤害。他们被认为是一个轻浮的民族，没有深邃的思想，语言浮夸、道德败坏和不可信赖。即便有些美德已被承认，如他们的才华横溢，他们的快乐天性，也是以一种傲慢的方式(至少在英国人那里)被认可的；因为它们不是盎格鲁-撒克逊人得以建立道德宝库的美德。从来没有人意识到：在法国人的性格的根底，有一种深沉的严肃性；也没有人意识到：每个法国人最关切的是他的个人尊严。这就不奇怪，拉罗什富科①，这个普遍人性，尤其是他同胞的性格的敏锐鉴赏家，会把《论荣誉》作为他思想体系的中枢。我们的邻居审慎地看待荣誉，而这种审慎却经常使英国人感到愉悦，英国人习惯于幽默地看待自己；然而在法国人那儿，正像"荣誉"一词表明的，是一种充满生气的力量。除非你始终记住他们对荣誉的敏感，否则你无望理解法国人。

每当我看见德·斯特韦尔德子爵开着豪华汽车或坐在桌子的首席，我就会产生上述这些想法。他代表着法国在中国的某种重大利益，据说在法国外交部他比部长本人还更有权力。自从后者并非不合常情地抱怨他的一个同胞背着他在外交事务中与中国人打交道，这俩人之间就再也没有了亲近的感情。德·斯特韦尔德先生大礼服垂饰上钉着的红色徽章就足以证明他在国内享有的尊重了。

子爵有一个大脑袋，有些秃顶，但并不难看（正如法国小说家所言，“一点儿秃”，这么说就犹如去除了残酷事实所造成的一半的刺痛），鼻子长得像伟大的惠灵顿公爵[2]的鼻子，眼皮很厚，眼睛又黑又亮，一张小巧的嘴隐藏在很漂亮的小胡子下面，他常用戴着钻戒的白皙的手指捻着胡须尖儿。三层厚下巴突出了他的尊贵的神气。他块头大，又很肥胖，所以每次都坐得稍稍离开餐桌一些，仿佛他极不乐意来用餐，而且只是点一份小吃。但造化弄人，尽管不是特别对他施用了诡计。就他的躯体来说，他的腿太短，这样，坐在那儿，他俨然是一大个子，但一站起来，你会吃惊地发现，他还不及一个普通人的身高。如此，当他坐在桌前或驾车在城里兜风时，他能取得最佳效果。这时，他形象威严。在他对你挥手，或用一个幅度很大的姿势取下帽子，你会觉得他能和人随意招呼真是不可思议的和蔼可亲。他有着路易·菲力普[3]时期那些大人物的全部的体面，穿黑色外套，蓄着长发，脸颊刮得净光，犹如安格尔[4]油画中的人物，自命不凡而又一本正经地望着你。

常听说：有人说起话来像一本书。德·斯特韦尔德先生说话像一本杂志，当然不是一本通俗文学或余暇消遣的杂志，而是一本有着充分的知识和权威观点的杂志。德·斯特韦尔德先生说话就像《两世界月刊》。听他说话有点儿累，却是一件难得的乐事。他流利地谈论那些别人已经反反复复说过的事情。他从不为一个词

---

① 拉罗什富科（La Rochefoucauld, 1613—1680），法国伦理作家。
② 惠灵顿公爵（Duke of Wellington, 1769—1852），英国陆军元帅，以在滑铁卢战役中击败拿破仑而闻名。
③ 菲力普（Louis Philippe, 1773—1850），法国国王（1830—1848）。
④ 安格尔（J. A. D. Ingres, 1780—1867），法国古典主义画家，擅长肖像画。

而犹豫。他说起每件事来都清楚明了,用词精当,而且有着如此权威的口吻,以至一件显而易见的事在他的嘴里说出来都闪耀着警句的光彩。他并非缺乏才智。在损人时他会非常地风趣。当他说出一些特别刻毒的话,他会转身对你说一句"不在场的人总是错的",设法赋予一句以往的格言以新的用意。他是个热忱的天主教徒,然而他自吹不是反动分子,而是一个有名望、有财产、有原则的人。

这是一个可怜的人,但雄心勃勃(名望,这是高贵心灵的最后一个弱点),为得到一份丰厚的嫁妆,他娶了一个糖类经纪商的女儿,她现在是一个染了头发、抹着脂粉、穿戴华丽的小妇人了。将他的贵族姓氏赐给她,这对他必定是一个痛苦的考验,因为他无法赋予她以个人的自豪感,而这种自豪感正是他所有行为的强有力的动机。像许多大人物一样,德·斯特韦尔德先生也娶了个对丈夫极不忠实的妻子。但这一不幸他勇敢而又不失尊严地承受了,勇气和尊严正是他的美德。他的行为如此完美,以至他的不幸反而提升了他在朋友眼里的位置。他是所有人同情的对象。他可能给戴了绿帽子,但他仍是一个有地位的人。确实,每当德·斯特韦尔德太太找了个新情人,他就要求她的父母给他足够的一笔钱,以补偿他名声和荣誉受到的损害。传说是二十五万法郎,但以现有的银价,我相信一个生意人会坚持以美元支付的。德·斯特韦尔德先生已然是一个精明的人,但在他妻子达到守教规的年龄之前,他无疑会成为一个富翁。

## 二十　驮　兽

当你刚开始看见一个苦力挑着担子走在路上，他在你眼中有一种动人的风采。他身着破旧的各色蓝布衣服，从湛蓝到青绿直到天空的浅蓝色；当他在稻田狭窄的田埂上跋涉或者艰难地登上一座青翠的山丘，他与周围的景色是多么的相衬。他的全部衣服仅仅是一件短褂子和一条裤子，而如果这套衣服开始穿的时候还是整洁完好的，在它破了需要补的时候，他却从不考虑找块颜色相同的布料，而是手头有什么就用什么。为了遮阳避雨，他戴了顶草帽，活像个救火队员，不过，帽檐是出奇的宽而平。



你会看到路上过来一队苦力，一个接着一个，每个人都挑着一个扁担，两端挂着一大捆东西，组成了一种宜人的风景。看着稻田水中映出的他们急匆匆而过的身影是很有趣的。当他们经过你身边时，你可以观察一下他们的面容，如果你脑子里没有装满东方人都是神秘莫测的这种观念的话，你会觉得他们都是老实巴交的好人；有时你会看见他们在祠堂旁的大榕树下放下担子歇息，抽几口旱烟，愉快地聊上几句，如果你自己试着每天挑着那种担子走上三十英里或者更多，你对他们吃苦耐劳精神的钦佩定会油然而生。可是如果你向常驻中国的那些老资格外交官提起你的这种钦佩，他们会认为你有些荒唐。他们会无所谓地耸耸肩，然后告诉你，那些苦力不过是些牲畜，两千年来他们祖祖辈辈都是挑担子的，所以他们能愉快地劳作也不足为奇。你发现他们的确很小就开始劳动，因为你会遇见很小的孩子，用一根竹竿挑着两筐蔬菜脚步不稳地走着。

时光流逝，天渐渐热了起来。苦力们脱去了上衣，赤膊走着。有时他需要休息一会，便把担子放在地上，但扁担仍旧留在肩上，这样他就必须微微弯着腰，你可以感觉到在他肋骨下那颗疲惫不堪的心的跳动，就像你在医院能听到一些心脏病门诊病人的心跳。如此情景，你见了会感到一种莫名的难受。你也可以看到苦力们的脊背，长年累月，日复一日，担子的重压在他们的背上留下了红红的疤痕，有时甚至有着开裂的疮疤，很大的疮口没有绷带或衣服的遮盖，硬是被扁担摩擦着；最奇异的是有时候就好像大自然要让人适应挑担这种残酷的苦力活，他们的身体变得畸形，在挑担子的肩上隆起一块，就像骆驼长出驼峰一样。然而，不论心跳有多么快，疮疤有多么疼，也不论是大雨瓢泼还是骄阳似火，他们都在永远地走着，从早到晚，一年到头，从孩童走到垂暮。你会看到那些年老的苦力，瘦得皮包骨头，干瘪的皮肤垂了下来，他们枯瘦的脸上布满皱纹，像猿猴一样，而稀疏的头发早已斑白；他们挑着重担一路跌跌撞撞，直到走进坟墓才能休息。尽管这样，苦力们仍不停脚步，他们用介于慢走和快跑之间的速度疾步向前，眼睛盯着地面选择下一步的落脚处。他们的脸紧绷着，充满了焦虑。当他们一路向前时，你再也不能悠然地欣赏这幅图景了。他们的劳苦让你心中觉得沉重，你充满怜悯之情却又爱莫能助。

在中国，驮负重担的不是牲畜，而是活生生的人啊！

"……他们的行动全都像快马奔驰，没有什么力量能使他们止步，这不是很可悲吗！他们终身承受役使却看不到自己的成功，一辈子困顿疲劳却不知道自己的归宿，这能不悲哀吗！”①

中国的神秘主义者如是说。

① 出自《庄子·齐物论》：“其行尽如驰，而莫之能止，不亦悲乎！终身役役而不见其成功，苶然疲役而不知其所归，可不哀邪！”

## 二十一　麦克里斯特医生

他是个体形健美的人，我认识他时，我想他快六十岁了，但精神依然矍铄，充满活力。他长得结实，高大的身材使他的肥胖有了一种威严。他有一张坚韧、几乎称得上漂亮的面孔，鹰钩鼻子，发白的浓眉和坚实的下巴。他穿一身黑色衣服，低领衬衫，系一条白色领结。他看上去像个老一代的英国牧师。他的声音洪亮、热忱；笑起来很畅快。

他的经历有些不同寻常。他三十年前作为一个传教士医生来到中国，但现在，虽然他同传教团还有着良好的关系，但不再是它的成员了。事情看来是这样的：人们决定在某个合适的地方建一座学校，这地方是医生想到的，但要在一个人口拥挤的城市里找一块建筑用地是很不容易的，当传教团多次讨价还价后最终买下这块地，他们却发现，地的所有者不是来进行商谈的中国人，而是医生自己。原来，医生知道学校必须建立，而看起来又没有别的可用之地，他就从一家中国银行借款，自己先买下了这块地。这桩交易并非不诚实，或许有些不够审慎；麦克里斯特医生以为这不过是一个善意的玩笑，但传教团的其他成员并不这么认为。他们甚至说了一些刻薄话，结果麦克里斯特医生辞去了他的职务，尽管他同有些人仍保持着友谊，对他们的目标和利益满怀同情。人们知道他是个灵巧的医生，他很快就有了一大批主顾，既有外国人，也有中国人。他开了一家旅舍，旅行者付上价格不菲的费用，可以用膳和住宿。他的房客有一些抱怨,因为他们不被允许喝酒,但要比住一家中国人的客店舒适多了,还可以根据医生的原则打点折扣。他是个很有头脑的人。他在河对面的山上买下一大块地,盖了一些带游廊的平房,一间间卖给传教士作为夏季别墅。他还拥有一家大商店,卖各种东西,从美术明信片、古玩到辣酱油、线织儿童套装,都是外国人可能要买的。他从中赚了很多钱。他有着经商的天赋。

他请我吃饭,那确实是一次印象深刻的盛会。他住在商店的楼上,那是临河的一个大套间。一起就餐的除麦克里斯特医生和他的第三任太太,一位戴金丝眼镜、穿黑缎衣服的四十五岁的妇人外,还有一位与医生去内地待过几天的传教士和两个文静的年轻女子,她们刚加入传教团,正忙着学中文。餐厅的墙上挂着好几幅祝寿的卷轴,那是主人的中国朋友和一些教徒送来恭贺他五十大寿的。菜肴很丰盛,就像常见的中国筵席,而麦克里斯特医生很欣赏。宴会开始和结束时,他都怀着宗教热忱用低沉的声音作了长长的感恩祷告。

当我们重新回到客厅,麦克里斯特医生站在令人愉快的炉火前,因为这时的中国非常寒冷,他从壁炉架上拿了一幅小镜框给我看。

“你知道这是谁?”他问。

这是一个很瘦的年轻传教士的照片,穿着低领衬衣,系个白领结,有一双忧郁的大眼睛,脸上是很深沉的严肃的神色。

“漂亮的小伙子,嗯?”医生大着嗓门说。

“很漂亮。”我回答。

这是一个可能有些自负的年轻人,但自负是年轻人的一个可以原谅的缺点，况且还因一种感人的沉思的表情而无疑使这种自负得到了平衡。这是一张好看、敏感，甚至说得上秀美的脸，那双郁悒的眼睛自有奇妙的动人之处。这里或许有一种狂热，但更有一种不怕受难的勇气，一种可爱的理想主义，而它的青春、它的单纯，温暖了一个人的心。

“脸非常吸引人。”我说着把照片还给了他。

麦克里斯特医生抿嘴微笑。

“那就是我第一次来中国时的样子。”他说。

这是他本人的照片。

“没有人认得出来。”麦克里斯特太太笑起来。

“这就是我那时的模样。”他说。



他撩开黑色外套的后摆，在紧挨着壁炉前的位子上坐了下来。

“一想起刚来中国时的印象我就常笑。”他说。“我出来是准备吃苦受穷的。我最初的意外是坐上汽轮，吃饭有十道菜，享用头等舱的服务。那当然说不上艰苦，但我对自己说：等你到了中国再说。好吧，我在上海遇到一些朋友，我住在一座大房子里，有好几个仆人侍候着，享用美味佳肴。上海，我说，那是东方的十里洋场。中国内地的生活会不一般。最后我到了这里。我和传教地区的负责人住一起，直到我有了自己的住处。他住在一个大院子里，有一幢非常漂亮的房子，美式家具，我睡在一张床上，而我还从未睡过这么好的床。他非常喜欢他的花园，里面种了各式各样的植物。我们就像在美国一样，有生菜和水果，各种水果；他还养了一头牛，我们就吃新鲜牛奶和奶酪。我想我这辈子还没有吃过这么多和这么好的东西。你自己什么也不用做。要是你要一杯水，你只需叫一下男仆,他就会给你端来。我到的时候是初夏,他们都休假去山里。那时他们还没有别墅,但他们常去一座寺院消夏避暑。我开始想,我终究是无须受穷的了。可我曾经盼望有一顶殉难者的桂冠。你知道我做什么了?”

回忆起那久远的往事,麦克里斯特医生微微笑了。

“我到这里的第一个晚上,当我一个人在房间的时候,我倒在床上,像个孩子似的大哭。”

麦克里斯特医生接着往下说,但他又说了什么我没有多加注意。我感兴趣的是,他是怎样从那个年轻人一步一步走到我现在认识的这个人的。这就是我想要写的故事。

# 二十二　路

这根本不是一条大路，而只是一条人行通道，铺着一英尺见方的石块，路才四英尺宽，两乘轿子经过就得小心地互相避让。大部分路面修整完好，但多处的石块已经破损，或者被稻田漫出的水冲走，这样，通行相当困难。道路逶迤着将一座座城市连接起来，两千多年前的这片土地上就有了城廓乡镇。道路在稻田间迂回，历经人世变故而淡然处之。看得出，路是修在过去不知哪个朝代的农民筑就的小径之上的，当时农民筑路为的不是通畅快捷，只求简便易行而已。当你离开主干道抄近路通过这个地区，你会发现，路的起点自然就形成了某个远离主要交通线的市镇的边界。此时，这路是如此狭窄，连一个挑担的苦力也难以通过，如果你正好走在两边都是稻田的路上，那么他只好让到分隔稻田、种着豆子的田埂上，等你过去。这里的路面连石块也没有，你走在踩实的泥地上，因为路窄，轿夫得小心翼翼地提着步子。

旅途中，尽管有人说些土匪的传言来吓唬你，并且有衣衫褴褛的兵丁护卫你，但没有什么冒险可言，不过倒是有许多的插曲。首先就是各种不同的黎明。诗人热情地歌咏黎明，但他们喜欢睡懒觉，他们凭幻想得到灵感，而不信任他们惺松蒙眬的眼睛。好像在月明之夜你梦中遇到的一个女子，她虽有白日里的美人所不具备的魅力，但诗人所赋予她的千娇百媚终究只是想象之物。对大多数人来说，美丽的黎明并无一次寻常的落日那样的光辉。但这是因为人越少用惯常的视野观察，黎明的变化就越大。每一个黎明多少有些不同，你可以想象，每一天，世界就被重新创造，不完全是昨天那个样子了。

再说路边常见的景象。一个农民，腿站在深水里犁地，那架犁像他的先人们四千年来用的犁一样的原始。水牛恶神似的走在田里，溅起一片泥浆，它一双愤世嫉俗的眼睛似乎在问，做这种没完没了的苦工究竟为了什么。身旁走过一个老妇人，她穿着蓝罩衫、短短的蓝裤头，缠过脚丫，用一根竹竿支撑着蹒跚的脚步。两个中国胖子坐着轿经过时，用好奇而又无精打采的眼睛瞅着你。你见到的每个人都是一个插曲，无论怎样的微不足道，都足以立刻唤起你的想象。此刻，你的眼睛愉快地落在一个有着黄象牙般光滑皮肤的年轻母亲身上，她步履轻快，背上兜着个孩子；你的眼睛落在一个满脸皱纹，饱经沧桑的老汉身上，或者落在一个五大三粗、一脸横肉的强壮的苦力身上。除了所有这些，还有一种能不断得到的乐趣，就是你费力地爬上一座山，登高而望，广阔的乡野展现在你眼前。日复一日，山还是那个样子，但你每次登临，都会因有所发现而激动。这些圆润的小山丘，像一群羊似的簇拥着你，一座接着一座，直到你目力所不及的远处。在许多山上，会有独独一棵树，像是为了景致的缘故特意栽在那儿，它背对着蓝天，勾勒出一幅美丽的画面。那一丛丛同样可爱地斜着身影的竹子，几乎围住了一户户模样相同的农家，鳞次栉比的屋顶亲密地依偎在一片苍翠的山谷中。竹林姿态优雅地倾身面向大路，它们像是宁愿被奉承而不被伤害的贵妇。它们无意绽放花朵，倒有一种出身名门的恣意奔放，自信有着良好的教养，从没有放荡之虞。然而，那竖立着的牌坊，无论是表彰贞节的女子或是幸运的儒生，都提醒你走近了一个村庄或镇子，你经过一排肮脏简陋的房子或一条忙碌嘈杂的街道，在当地居民中引起了片刻的骚动。街道用大张篾席搭在两边屋檐上来遮蔽阳光；街上光线暗淡，密集的人群便有了一种不自然的神气。你想必是看到了阿拉伯旅行家熟悉的魔幻城里的人物，在那魔幻城里，每当夜幕降临，可怕的变形就会发生在你身上，除非找到了解救的神奇法术，否则你就得过一过独眼驴子或黄绿色鹦鹉的生活了。敞开着的铺子里，店家卖的似乎不是寻常的商品，饭馆则用可怕之物给客人准备饭菜。你所见似乎千篇一律，因为不管怎样，在异乡人的眼里，每个中国城镇都是大同小异的，然而你可以在注意细微的差别中获得乐趣，这样，你可以观察到每个城市都有其主要的行业。一个城市要尽力满足它的居民的需求，但它也会有自己的特色，于是，这里有很好的棉布，那儿有不错的绳索，另一个地方则能买到漂亮的丝绸。此时该是橘子挂满枝头，但这儿很少种植，于是甘蔗随处可见。黑色的丝绸帽子让位于头巾，蓝布伞代替了红色油纸伞。



然而这些是每一天的普普通通的插曲。它们像是生活中为避免单调而期待着的变化：工作的日子后面是休假的日子，与朋友聚会，春天带来了欢欣，冬日则伴随着长长的夜晚、家人的亲昵和薄暮黄昏。要是爱神光临，那么所有其他的一切都不过是爱之喜悦的陪衬，爱情将日常事务提升到即使最低微也有其神秘意义的境界。周而复始的生活圈子时常被打破，你意外地面对着一种美丽或一个美人，被勾去了魂魄，心驰神往。你可能看见，在雾气中隐隐呈现的是一座寺庙的奇异的屋顶，它高耸于一座巨大的城堡之上，环绕城堡的是一条天然的壕沟，绿莹莹的河水静静流淌，当太阳升起来，你似乎看见梦幻般的中国式宫殿,它的富丽堂皇完全比得上阿拉伯说书人为之魂牵梦萦的那些宫殿。或者,黎明时分你经过一个渡口,你可能看见,在你上方不远处,在日出的霞光中,有一条舢板,一个艄公正在渡送一群过客;你恍然大悟,那就是卡戎[①],你知道他的渡客都是忧愁的亡灵。



① 希腊神话中在冥河上渡亡灵往冥府的神。

## 二十三　上帝的真理

伯奇是英美烟草公司的代理人,他住在内地的一座小城里,这里的街道每逢下雨,泥水足有一尺深,你必须坐在大车里才能避免被溅上一身泥点子。道路由于川流不息的来往车辆而变得支离破碎,路面满是窟窿,哪怕你让车走得像步行一样缓慢,也会被颠得上气不接下气。这里有两三条商业街,但他早就对店里的商品耳熟能详;这里还有望不到头的深巷,就像是一道不断延伸的单调乏味的围墙,上面开了几个门洞,大门紧闭。那些是中国人的住家,它们对他这个白人来说就像他身边的生活一样不可捉摸。他变得十分想家,他已经有三个月没有和白种人说过话了。



他结束了一天的工作,因为没什么事可干,只好去散步。他走出城门,顺着深深的车印,一直沿着坑坑洼洼的路走到郊外。山谷西周环绕着荒凉的群山,像是要把他禁闭在山中。他觉得自己已远离了文明世界。他知道自己不能向笼罩着他的彻底的孤独感屈服,但要保持自己情绪不至失控则需要非同寻常的努力。正当他精神濒临崩溃的时候,他突然看见一个白人男子骑着一匹矮脚马向他这里跑来。后面跟着一辆缓缓而行的中国式大车,里面大概装着他的私人物品。伯奇马上猜到这是一位从比他居住的小城还要偏远的地方来的传教士,正前往某个通商口岸,他的心立刻快活地上下扑腾,至少他可以找到人说话了。他加快脚步。他的颓唐情绪一扫而空,精神抖擞起来,他三步并作两步走到那骑马人跟前,说道:

"嗨！你从哪个山沟沟里过来的啊？"

那人停下马，报出一个边远小城的名字。

"我正要去赶火车，"他加了一句。

"你最好上我那儿住一晚，我已经三个月没见到白人了，我那儿有好几间客房，你知道英美烟草公司吗？"

"英美烟草公司？"骑马人说道，他的脸立刻变了，原先眼中的笑意，现在也变得冷淡下来。"我可不想和你打什么交道！"

他踢了马一脚就向前走，但伯奇拉住了缰绳。他几乎不敢相信自己的耳朵。

"你这是什么意思？"

"我和一个做烟草生意的人没什么可说的，快松手！"

"但我三个月没有和白人说过话了。"

"那不关我的事，快松手。"

他又踢了一下马。他的嘴唇咬得紧紧的，严厉地盯着伯奇。这时，伯奇生气了，他不顾马向前走，紧紧抓住缰绳，开始骂起传教士来。他把能想到的骂人话都骂了出来，把那些诅咒人的话、下流的话一古脑儿骂了出来。传教士不吭声，只是催促马往前走。伯奇抱住他的腿，把他从马鞍往下面拖，传教士几乎摔了下来，他狼狈地抓住了马的鬃毛，但还是半滑半摔地落到了地上。这时大车驶了过来在他们面前停下，里面坐着的两个中国人无关痛痒地好奇地看着他们。传教士发火了。

"你袭击我，我会让你为此丢掉饭碗！"

"你下地狱去吧！"伯奇骂道。"我三个月没见着一个白人，而你甚至连几句话都不肯跟我说。你还是个基督徒么？"

“你叫什么名字?”

“我叫伯奇,你这该死的!”

“我会告诉你的上司的,现在退一边去,不要碍着我赶路。”

伯奇握紧了双拳。

“你滚吧,不然我会打断你全身每一根骨头!”

传教士上了马,狠狠抽了马儿一鞭,一路小跑着离开了,那辆中国式大车也缓缓上了路。当只剩下伯奇一个人时,他的怒气全消了,不禁发出了一声啜泣。人心难道比这荒凉的群山还要坚硬吗?他转身慢慢向自己的小城走去。

# 二十四　罗曼司

整天我都在船上顺流而下。这就是那条河，张骞[1]曾逆流而上去寻找它的源头。他航行多日后来到一个城市，看到一个姑娘在织布，另有一个小伙子牵牛去饮水。他问这是什么地方，姑娘把她的梭子给他作为回答，并告诉他，他回去后把梭子拿给星占家严君平看，严君平会知道他到了哪儿。他照着做了，星占家马上认出这梭子是织女的，还告诉他，在张骞拿到梭子的那一天和那个时刻，他注意到在织女星和牛郎星之间另有一颗星划过。所以，张骞知道他航行到了银河的深处。

当然，我没有去那么远。一如七天前，我的五个船夫，整天都站着划船，至今我的耳朵里仍回响着船桨与用作支架的木钉磕碰的单调声音。有时，河水浅起来，木船擦过河床的石头，颠簸着发出刺耳的声音。两三个船夫见状就会把他们的蓝布裤脚向上卷到臀部，跳下水去，喊叫着将平底船拖过浅滩。有时我们会遇到一股湍急的水流，虽与长江的急流险滩比起来是有惊无险，但还是雇了纤夫将逆水的船往前拖。下行时，在一片叫喊声中，船直冲过翻滚的浪花，很快又到了一平如镜的水面。

夜幕降临，船停泊在码头，我的船员在临时搭成的窝棚里挤作一团地睡了。我坐在床上。篾片铺设在三根拱形的木头上，就成了一间可怜的舱房，一个星期以来，这儿就是我的起居室和卧室。舱的一头用板子粗糙地拼起来，板子之间露着很大的缝隙，刺骨的寒风直往里吹。另一头,是我的船员——那些可爱的棒小伙子——白天划船晚上睡觉的地方,此时舵手也在他们中间,他从早站到晚,穿一件破旧的蓝褂子,外面套着一件已褪色的灰棉袄,头上缠一条黑头巾,一支长木桨便是他的船舵。舱里除了我的床没有别的家具,一只模样像大汤盆的浅盘子里烧着木炭,用来驱寒,一只装着衣服的篓子我用作餐桌,一盏防风灯挂在拱形的船篷上,随着水的起伏而轻微地晃动。舱房很矮,我不是一个身材高大的人(我用培根的话来安慰自己:高个子就像高房子,顶层通常是空荡荡的),但也刚好站直身子。一个熟睡的人大声打起了呼噜,或许吵醒了另外两人,因为我听到了说话的声音,随之又停止了,打呼噜者也不再出声,身边的一切又静了下来。



这时,我突然感到,这儿,在我面前,几乎触动我的,就是我要寻找的罗曼司。这种感觉不像别的,正是如同艺术引发的激动那种特别的感觉;但我无论如何说不出,到底是什么在此时此刻给我这种难得的激情。

在我的生活经历中,我经常会处于这样的情境之中,要是我知晓的话,这些情境看来足够称得上是浪漫的了;然而,这只是事后回想,将它们与我的何为浪漫的观念相比较,我才明白它们确实是非同寻常的。这也只是借助想象,将自身视为扮演戏中角色的我的一个观众,这样,我才能把握特定情状下浪漫的可贵特性,而在别的情况下,似乎就只能凭直觉领悟浪漫之美了。当我和一个因魅力和天



① 张骞(?—前114),西汉人,两次出使西域,开辟了中国通往西方的“丝绸之路”。史书记载他曾奉汉武帝之名追溯黄河源头,后人又附会出到银河,遇织女的美丽传说。

赋而成为人们的偶像的女演员跳舞，或者当我信步走过某一座大厦的大厅，那里聚集着所有出身显贵或智力出众的伦敦名流，我只是事后才明白，这或许就是罗曼司，尽管是某种韦达式的①。要是我在战场上并不处于危险之中，我或许能够兴致勃勃地观察战事的进展，我并不是一个冷漠的旁观者。我曾在皎洁的月色下，航行一夜到了太平洋的一个珊瑚岛，在那儿，美丽女人和异域风光让我陶醉，但也只是过后我才产生与罗曼司有了亲密接触的兴奋感。有一次，我在纽约一家旅馆的房间里和五六个人围坐在一张桌子旁，为复兴一个古老王国制订计划，一百年来王国的苦难让诗人和爱国者激动，这时，我仿佛听见了罗曼司的翅膀的拍击声；然而我主要的感觉却是一种意想不到的乐趣，经历了战争的危险，我发现自己卷入了与我的习性不合的事情中去。然而在别人不认为浪漫的情况下，罗曼司的那种真正的动人之处却抓住了我，我记得我最初有此体验是在一个傍晚，那时我正在布列塔尼②海岸的一间农舍玩牌。隔壁房间里躺着一个垂死的渔夫，这家的老妇人说他就要出门赶潮去了。门外，一场风暴正在凶猛地刮起，这似乎正适合为大海的这个老战士送终，呼啸的狂风反复冲撞紧闭的窗户，要陪同老人离去。海浪轰响着拍击岸边的岩石。我突然感到一阵狂喜，因为我知道这儿就是罗曼司。

而现在，这同样的狂喜抓住了我，仿佛肉身般存在似的，罗曼司又一次呈现在我面前。但它来得如此出其不意，我被迷住了。我说

① 韦达（Ouida, 1839—1908），英国女小说家，以写上流社会生活的传奇式作品闻名。
② 法国西北部的一个半岛。

不出它是否从灯光照到的篾片的阴影中爬进来，还是顺流来到我从敞开的船舱能看到的水面上。我很想知道是什么因素产生了眼下这种无法形容的欣喜，于是出舱来到船尾。与我们并排停着的还有六七艘帆船，是走上水的，所以桅杆竖着，船上一片寂静。他们的船工都在熟睡。夜不很黑，虽然有云，但正好满月，然而朦胧月光下的水面还是阴森森的。稍远处的河岸上，薄雾中的树木影影绰绰。这是一种迷人的景致，但其中又没有什么陌生的，我要寻找的不在那儿。我转身走开。但当我回到用篾片搭成的船舱时，那曾给予这斗室非同一般的品性的魔力也离去了。天啊！我就像一个把蝴蝶撕成碎片要找出它美在何处的人。然而，犹如从西奈山下来的摩西，他因与以色列的上帝交谈而容光焕发，同样，我的小船舱、我的炭火盆、我的防风灯，甚至我的行军床也都仍然有着某种令人激动的东西，这种激动是我曾经拥有的。我不能再那么无动于衷地看待它们了，因为我有一刻是如此着魔般地看着它们。

# 二十五　崇高的风格

他是个耄耋老人。他五十七年前来中国时是一个随船医生，得到了南方一个港口的医务官的位置，那个医务官因为健康不佳必须回国。那时他不会小于二十五岁，所以如今他必定八十出头了。他个子高高的，很瘦，皮包骨头的样子像是穿了一件太大的衣服；布袋似的下巴犹如一只老火鸡的大块垂肉；但他的蓝眼睛大而明亮，依然神采奕奕，他的声音也洪亮深沉。在五十七个年头里，他在沿海一带几次三番开业行医，如今他又回到离他第一次居住的南方港口只有几英里的地方来了。这儿是河流出海口的一个抛锚地，那些由于吃水深度不能进城的轮船就在这儿装卸货物。这里只有七户白人的住家，一家小医院，还有数量不多的中国人，所以不值得一个医生来这儿定居，但他又是个副领事，这种安逸的生活倒也适合他那大把年纪。有足够的事务让他不觉得无聊，但也不至于忙得疲劳不堪。他依然精神矍铄。

"我想该退休了，"他说，"是给年轻人一个机会的时候了。"

他乐于设想未来的计划：他一辈子都想访问西印度群岛，他发誓现在就去。的确，先生，他不能再拖延了。英国？噢，从他各方面听到的，现在的英国没有绅士的位置啦。三十年前他在那儿待过。再说他不是英国人。他生在爱尔兰。是的，先生，他在都伯林的三一学院拿了学位，但一方面是教士的缘故，另一方面则因为新芬党，他不觉得他儿时认识的那个爱尔兰还有什么留恋的。一个打猎的好地方，他说，蓝色的大眼睛闪出一丝光芒。

他有着比在医生职业中通常所发现的更好的风度，虽然这一职业不乏各种优点，但忽略了彬彬有礼给人的愉悦。我不知道是否因为跟病人打交道，就给了医生一种不适当的优越感——这样的医生是他老师的一个范例，这些教师仍然秉承一种粗鲁的坏传统，而某些旧习的杰出实践者将这种传统当作一项职业资产加以培育——还是因为他早年在一家医院给穷人治病，倾向于将这些病人视为低自己一等的阶级；但总的说来，没有一个群体会如此缺乏礼貌，这是肯定的。

他很不同于我这一代人；但这种不同在于他的声音和姿势，在于他悠闲的风度，还是在于那种老派礼节的周全细致，这不容易辨别。我想，他无疑比现今的人们更像一个绅士，今天人们说一个人是个绅士的时候语气是不屑的。这个词听起来有种怪味，它所代表的那些品质成了笑柄。有些人被形容为绅士，那实在是没有一点儿想象力，过去三十年来，这样的人往往产生很大的轰动，他们极尽讽刺之能事，将他们也许充分意识到自己根本配不上的一个称号弄得面目可憎。也许他身上的那种不同要归因于教育的不同。年轻的时候，他学习了许多并不实用的课程，如希腊和罗马的经典，这些为他的性格打下了基础，这种性格如今不多见了。他年轻的那个时代，人们不知道有周刊，读月刊是正经八百的事。读书更实在。也许人们喝酒超出了对身体的益处，但他们快乐地阅读贺拉斯①，他





① 贺拉斯(Horace，前65—前8)，古罗马诗人。

们真正懂得沃尔特·司各特①爵士的小说。他还记得读《纽可姆一家》②的情形，那时这部小说刚出版。我想，那个时代的人，即使不比我们时代的人更具有冒险性，至少在崇高的风范上更富于冒险精神：今天，人们无非用小报上的笑话来谈论身家性命，过过嘴瘾，而那个时代的人念着拉丁文语录赴汤蹈火。

但我如何能分析这位老人与众不同的微妙的品性呢？读一页斯威夫特③的书，字还是我们今天所用的那些字，句子也都是以最简单的方式组织起来的，然而，有一种高贵、一种大气、一种韵味，而所有这些是我们现代人虽经努力而未能达到的，总之，这就是风格。他的情形也是如此，一种风格，而这是无需多说的。



① 司各特(W. Scott, 1771—1832)，英国历史小说家。
② 英国小说家萨克雷(W. M. Thackery, 1811—1863)写于1853—1855年的一部小说。
③ 斯威夫特(J. Swift, 1667—1745)，英国小说家。

# 二十六　雨

是的，并不是每天都会阳光灿烂。有时，一场冻雨淋得你够戗，一阵西北风吹来，冷到你的骨头里去。你的鞋子和衣服从前一天起就一直是湿的，你还要走上三小时才能吃到早饭。你在寒冷惨淡的晨曦下跋涉，前面还有三十英里的路途，什么也别指望，除了在这旅程的终点有一家既肮脏又不舒服的中国小客栈。在那儿，你会见到光秃秃的墙壁，滑腻腻的泥土地面，你至多可以在一只炭火盆上烤干身子。



此时，你会想起在伦敦你的舒适的房间。雨点挟着狂风击打着窗户，你会觉得室内的温暖更加愉悦。你坐在炉火旁，嘴里衔着烟斗，将《泰晤士报》从第一版读到最后一版，当然，不仅读社论，连启事、通告和广告也读，尽管那些乡村别墅你压根不会去买。比如这样的广告：现有一幢乔治时代风格的住宅，位于奇尔特恩山丘上，在占地一百五十英亩的公园内，带有宽敞的花圃、果园等等，设施完备，有原初的木质结构和壁炉架，六间接待室、十四间卧室，另有下房，现代卫生设备，上面带房间的马厩和很好的车库，距一流高尔夫球场仅三英里，等等。我知道，奈特先生、弗兰克先生和卢特莱先生都是我喜欢的作者。他们论及的事物从不会陈旧过时，一如那些极其平凡的事物是所有优秀诗歌的材料；他们的手法也像一流大师那样是独特的，同时也是多样的。他们的风格，如同汉学家所说的孔子的风格那样，是一种华美般的简洁：简明而又意味深长，它将一种令人赞叹的准确与艺术形象的雄浑结合起来，赋予想象以甜美的自由。他们对像“路得”和“杆”①这样的词的精通令人惊异，这些词我也知道它们的意义，但多年来它们对我有一种神秘性，而他们使用这些术语时随意而又自信。他们能以鲁德雅德·吉卜林先生的那种独创性来玩味技术性术语，也能将W·B·叶芝②先生的那种凯尔特式魔力赋予这些术语。他们能够把他们的个性结合得如此完备，以至我敢说最有眼力的批评家也无从将他们分辨出来。文学史上不乏两个作家之间的合作，如博蒙特和弗莱彻③、艾克曼·夏特良④、贝赞特和赖斯⑤，这些名字会激发令人兴奋的想象；但现代高明的文学批评已经摧毁了《圣经》由三人合著这样的信念，而我年轻时就是这么听说的，我猜想，像奈特、弗兰克和卢特莱这样的情况是独一无二的。

当时，伊丽莎白被我从中国带给她的白松鼠刺痛了，她进来跟我说再见，可怜的孩子，她不管天气多坏都要出去，在给她准备童车的时候，我和她先玩一会儿小火车。过后，当然我得做一点儿事，但天气如此糟糕，我有些懒散，就拿了本贾尔斯教授论庄子的书来读。这位僵硬的儒家学者对庄子不感冒，因为他是一位个人主义者，他们把中国可悲的衰败归罪于那个时代的个人主义者，但他的书是很好的读物，尤其适合在雨天来读，读庄子无需费很大的劲，也时常在

---

① 路得（rood），英国面积单位；杆（perch），英国长度单位.
② 叶芝（W. B. Yeats, 1865—1939），爱尔兰诗人。
③ 博蒙特（F. Beaumont, 1584—1853）、弗莱彻（J. Fletcher, 1579—1625），两位都是英国剧作家，曾多次合写剧本。
④ 法国两位小说家艾克曼（E. Erckman, 1822—1899）和夏特良（L. A. Chatrian, 1826—1890）合用的笔名。
⑤ 贝赞特（W. Besant, 1836—1901）和赖斯（J. Rice, 1843—1882）是英国小说家，曾合作进行小说创作。

不经意间有所触动,随之遐想起来。但当下的这些想法会慢慢进入你的意识,如同涨潮时拍击的波浪,将你裹挟着去抵御古代庄子所提出的那些思想,尽管你愿意悠闲,但你还是在餐桌前坐下来。只有文学青年才要用书桌。你的笔行云流水,你写起来驾轻就熟。活着是很美妙的。这时两位有趣的人来与你共进午餐,他们走后,你不知不觉来到佳士得①拍卖行。你在那儿见到一些明代塑像,但比不上你自己从中国带回来的,你看着那些被拍卖的画,庆幸那不是你的藏品。你看看表,还有时间去嘉里克②俱乐部玩上一局,这种坏天气足以让你消磨掉下午剩余的时光。你不能待得太晚,因为你有首场演出的票,你得回家,换好衣服,早些用餐。你刚好还能在伊丽莎白睡觉前给她讲个故事。她穿着睡衣,头发扎成两根羊角辫的样子真是可爱。首演总有些新鲜,只有那些腻歪的批评家才会无动于衷。你也乐于见见朋友;而当一个受欢迎的演员,她在台上的表演胜过台下的名声,进来时被人认出而有些发窘,赶快找位子坐下,这时你听到后座观众的掌声也是很有趣的。也许今晚要看的是一场糟糕的戏,但至少此前还没有人看过,这就有可能会让你有片刻的感动或开颜一笑。

一群苦力从对面走来,他们戴着大草帽,像得了相思病的舞台小丑戴的那种帽子,但有一圈宽边;他们懒洋洋地走着,背着的大棉花包压得他们身子略微前倾,单薄而破旧的蓝褂子被雨浇得紧贴在身上。路上的碎石滑溜溜的,你吃力而又小心地在泥泞中走着。



---

① 佳士得(Christie's)是英国著名的拍卖行,位于伦敦。
② 嘉里克(Garrick)是伦敦著名的文学俱乐部,毛姆是其常客,1954 年,俱乐部特地设宴庆贺毛姆八十诞辰。

## 二十七　沙利文

他曾是一个爱尔兰水手。他在香港下了船，心血来潮地要走遍中国。他在这个国家游历了三年，很快就学会了和中国人打交道，这对他们这个阶级的人来说要比那些受过更好教育的人容易得多。他凭借小聪明过日子。他有意避开英国领事馆，而是跑到他路过的城镇地方长官那里，装作在路上被土匪抢光了身上所有的钱。他的故事编得如此逼真，使人家相信他是个大人物而心生敬畏，就像科斯蒂冈船长①那样。地方官按中国人的习惯接待之后急着摆脱他，便乐于用十几块大洋把他打发走。这样，他即便骗不到钱，至少也能够饱餐一顿，再舒舒服服地睡上一觉。他那种粗俗的幽默还是挺投中国人所好的，所以屡试不爽，直到遇上一个完全不同的地方官才栽了跟头。那位官员听了他的故事后对他说：

“你不过是个乞丐，一个流浪汉，真是该打。”

那官员一声令下，他就被拖了出去，按在地上被重重地打了顿板子。这不但让他受了不轻的皮肉之苦，还被吓得够戗，更是一种奇耻大辱。他行骗的勇气遭到重挫，于是就放弃了流浪的生活，跑到一个偏僻的港口，向海关专员申请当港口稽查。那种工作没几个白人愿意干，也不需要什么条件，于是他得到了这份工作。现在你看他，一个皮肤晒得黝黑，脸上刮得干干净净的四十五岁的男人，面色红润，还有点发福，穿着整洁的蓝色制服，登上汽轮和帆船执行公务了。在那个滨河小城，他和海关代理专员、邮政局长以及一个传教士是仅有的几个欧洲人。他对中国人及他们的习惯的了解使他成了一个难得的人才。他娶了一个娇小的中国老婆，有了四个孩子。对过去他并不避讳，只消一点烈性威士忌他就会将他的冒险故事向你全盘托出。但是挨板子的经历成了他难以忘却的痛。这件事让他惊吓不小，而且他不能——他就是不能理解为什么会有如此遭遇。他对那位让他挨打的地方官没有仇恨，相反，他再次显示出他的幽默感来。

“那个老家伙真是个胆大妄为的人，一个老流氓。”他说。“从没见过，是吧？”





① 英国作家萨克雷的小说《潘登尼斯》(1848—1850)中一个醉醺醺的爱尔兰人。

# 二十八　餐　厅

这是一幢大房子里的一个大房间。房子盖的时候，造价不贵，那时的豪商巨贾就把房子建得高大气派。钱赚得容易，日子也过得很奢侈。挣一份家产并不难，在人到中年之前，他就能回英国，后半辈子在萨里郡的一幢漂亮房子里照常过得有声有色。确实，在中国，这儿的居民不太友善，也总有可能闹点骚乱弄得他远走高飞，但这只是给滋润的生活加些作料；而真有什么致命危险，那完全可以断定，会有一艘炮艇及时赶到提供保护或避难。侨民主要通过婚姻进行广泛的联合，他们爱好交际，彼此热情款待。他们举办盛大宴会，一起跳舞，玩玩纸牌。工作不很紧张，时常花几天时间去内地打野鸭。夏天的确很热，几年后一个人就懂得随遇而安了，但一年的其他日子则温暖如春，天蓝蓝的，空气中有股香味，生活非常美好。人的行为当然有其自由，如果他与一个眼睛明亮、小巧玲珑的中国女孩一起生活，只要不引起女士们的注意而干预的话，就没人会被怪罪。当他结了婚，就花一笔钱打发她走，要是有孩子，就送他们去上海一所欧亚混血儿学校。

但这种惬意的生活已是过去的事了。这个港口靠出口茶叶一度繁荣，茶叶口味从中国转向锡兰①便毁了它的经济。三十年来，港口渐渐地没了生气。在此以前，领事有两位副领事帮助他工作，如今，他自己就能轻松地处理公务。他一般安排在下午打一局高尔夫球，再抽空玩一轮桥牌。往昔的繁华不复存在，那些大商行也多半人去楼空。茶叶商人，即使有留下来的，也纷纷转行做各种副业以维持生计。但无论怎样努力也难于起死回生。港口的每一个人似乎都已老去。这儿不再适合一个年轻人了。

在我坐着的这个房间里，我似乎在阅读过去的历史和我在等着的这个人的历史。这是星期天的上午，我坐了两天海轮到这儿时，他正在教堂。我试着从这个房间来勾勒一幅他的肖像。房间散发出某种伤感。它有着过去一代人的华丽，但这是一种衰败的华丽，它的整洁，我不知道为什么，似乎透出了一种羞答答的贫困。地板上是一大块土耳其地毯，七十年代它必定值一大笔钱，但眼下它的绒毛都快磨光了。那张红木八仙桌，人们在那儿享用过多少美味佳肴和美酒佳酿啊，它被擦得光亮，能照出人的脸来；它让人想起这个港口：古老而俗丽；事业成功、脸色红润、蓄着连鬓胡须的绅士们在这儿谈论江湖骗子迪斯累利[2]的古怪行径。墙是暗红色的，这对要举行盛大宴会的餐厅非常合适，它的厚重感也宜于悬挂画像。这里挂着主人父母的肖像，一个灰色大胡子、秃头的老绅士和一个头发梳成像欧仁妮皇后[3]的发式、板着脸阴沉沉的老太太。墙上还挂着他祖父母的像，前者戴宽大硬领巾，后者戴头巾式女帽。后面有一面镜子的红木餐具柜摆满了金边盘子、全套茶具和许多其他餐具，餐桌中央放着一只大饰盘。黑色大理石的壁炉架上是一只黑色大理石座钟，两侧是一对黑色大理石花瓶，房间四角的柜子里摆着各式镀金器皿。好几只大花盆里栽着叶子坚硬的棕榈树。房间里摆



① 南亚岛国斯里兰卡的旧称。
② 迪斯累利（B. Disraeli，1804—1881），英国政治家，保守党领袖，也是作家。
③ 法国拿破仑三世皇后，普法战争后逃亡英国。

着红木太师椅，上面铺了褪色的红色皮垫子，壁炉两边各有一张扶手椅。这房间虽然很大，但显得很拥挤，加上每一件物品都有些破旧，这就给人一种忧郁的印象。这些东西似乎各有自己的悲惨生活，但生活本身屈服了，仿佛环境的力量远远比它们强大，它们再也没有力气来反抗命运，然而，它们不安而又热切地紧挨在一起，似乎它们隐约感到，只有这样才能保住它们的重要性。而我则觉得，末日的到来已为时不远了，那时，它们身上贴着写有号码的小标签，杂乱无序地躺在拍卖行阴冷的库房里。

## 二十九　长　城

巨大、雄伟、令人敬畏的中国长城，静静地耸立在薄雾之中。长城是孤独的，它默默无言地爬上一座座山峰又滑入深深的谷底。长城是威严的，每隔一段距离就耸立着一座坚固的方形烽火台，镇守着边关。长城是无情的，为修建它，数百万的生命葬身于此，每一块巨大的灰色砖石上都沾满了囚犯和流放者的血泪，长城在逶迤而崎岖的群山间开辟出一条黑黝黝的通道来。长城是无畏的，它绵延着无尽的旅程，一里格①接着一里格，直到亚洲最边远的角落；它完全不为外界所动，就像它所拱卫的伟大帝国一样神秘。巨大、雄伟、令人敬畏的中国长城，静静地耸立在薄雾之中。



---

① 里格(league)，长度名，约为三英里。

# 三十　领　事

皮特先生处在极为恼怒的状态之中。他在领事的位置上已经二十多年了,他同各种讨厌的人打过交道：官员们不讲道理,商人们只把英国政府当收账代理人,传教士对任何以公平对待的原则处理严重的不公正行为都非常不满;但他还想不起有什么事曾让他如此茫然不知所措。他是个性格温和的人,要不是事出有因,他不会对书记员大发脾气,并几乎要解雇这个欧亚混血的职员,因为他将有两处拼写错误的一封信拿来让他签字。他是个认真的人,钟敲响四点之前,他不会让自己离开办公室,但只要时刻一到,他立马起身要他的帽子和手杖。因为仆人没有立刻拿来,他就把仆人狠狠地骂了一顿。他们说这些领事全都变得有些古怪了;那些在中国生活了三十五年还没学会怎么在街上问路的商人们说,这是因为他们不得不学习汉语;这也就难怪皮特先生的古怪是确定无疑的了。他是个单身汉,为此,他被安排到一系列的位置上,这些地方比较偏僻,因而不适合已婚男人。他孤身一人生活了这么久,怪异的习性发展到了极致,他的一些怪僻会让陌生人吃惊。他总是心不在焉。他对住处毫不关心,家里总是乱糟糟的,饮食上也是这样;仆人给他吃什么就吃什么,而且什么都要敲他竹杠。他不遗余力地查禁鸦片,但城里只有他不知道他的雇员将鸦片藏在领事馆内,而且就在领事馆大院的后门公然进行大量的鸦片交易。他是个热心的收藏家,在政府提供给他的住宅里摆满了他一件件收集来的各种物品：锡镴器皿、铜器、木雕，这些是他较为正式的藏品；他也收集邮票、鸟蛋、旅馆标签和邮戳；他夸口说他收藏的邮戳在大英帝国无人可比。在他长期的离群索居的生活中，他读了很多书，虽然他不是个汉学家，但他对中国的了解，它的历史、文学和国民，比他的同事要多得多；然而从他广泛的阅读中，他学到的不是宽容而是虚荣。他是一个外观独特的人。他身材瘦小羸弱，走起路来像一片风中落叶；头上那顶小小的蒂罗尔帽①也特别古怪，帽边上插着一根鸡毛，帽子已十分破旧，不落俗套地歪戴在他的大脑袋上。他头秃得厉害。你看他的眼睛，淡蓝色的，镜片后的目光没有神采，一丛下垂、零乱、邋遢的胡子遮不住那张怒气冲冲的嘴巴。此刻，他从领事馆那条街过来，转身向城墙走去，因为在一座人口密集的城市里，只有那儿才是散步的好去处。



他是个工作很努力的人，每件细小的事情都竭尽全力，但作为惯例，他会去城墙走走，散散心休息一下。这座城市位于一片平原的中央，日落时分，你站在城头常能看见远处积雪的山峰，那是西藏的雪山。此时，他快步走着，既不东张也不西望，他那条肥硕的长毛垂耳狗在他身边欢快地跳跃着，并不察觉主人的心事。他急促而又单调地低声自言自语。他恼怒的原因是一次拜访，这天他接待了一位女士，她自称俞太太，而他作为一个领事，凡事要求确切，所以他坚持称她为兰伯特小姐。而这件事本身就足以影响他们之间的友好交往。她是一个嫁给中国人的英国女子。两年前她与在伦敦大学留学的丈夫一起从英国来到这儿，他让她相信他在自己的国家是



① 蒂罗尔，奥地利西部一个地区，蒂罗尔帽是一种男用毡帽，绿色，边带上饰有羽毛。

个大人物，她想象自己会来到一座华丽的宅邸，得到一个显贵的身份。当发现自己被带到一所挤满人的破旧的中国住家时，她大吃了一惊。家里甚至没有一张西式床，也没有刀叉；她觉得每样东西都脏得很，还有异味。令她震惊的是她要和公公婆婆同住，他告诉她，她必须完全照婆婆吩咐的去做；因为她对中国人毫无了解，所以到婆家几天后她才意识到自己不是丈夫唯一的妻子。在离开家乡去学洋人的知识之前，他年纪轻轻就娶媳妇了。当她严厉地责备他欺骗她时，他只是耸了耸肩。没有什么可以阻止一个中国男人有两个老婆，如果他想要的话，他还不以为然地说，没有中国女人会为此抱怨。正是有了这样的发现后，她对领事作了第一次拜访。他已经听说她的到来——在中国，每个人都知道每个人的每一件事——他平静地接待了她，也没有对她表现出更多的同情。一个外国女子想要嫁给一个中国人，这本身就让他很生气，而她没有做些必要的咨询就贸然嫁人，这更让他恼火，像是他自身受到侮辱似的。她不是你一看外表就会想到她是罪有应得的那种人。她是个结实、健壮、年轻、矮小、朴素和实在的人。她穿一套便宜、式样简单的服装，戴着宽顶无檐圆帽。她有一口坏牙，皮肤黝黑。她的手很大，红红的，很少保养。你可以说，她并非做不惯粗活。她说英语带着浓重的伦敦土腔。

“你是怎样遇上俞先生的？”领事干巴巴地问。

“喔，你知道，是这样的。”她回答。“爸爸有份很好的差事，在他死后，母亲说，‘唉，看来让这些房间空着是说不过去的浪费，我要在窗户上贴一张启事。’”

领事打断了她。

“他寄宿在你们家里?”

“嗯,确切地说那不叫寄宿。”她说。

“那我们就说是租出一套房间?”领事说,带着一丝淡淡的有些自负的笑容。

那就是这些婚姻常有的情况。然而,因为他认定她是个非常愚蠢、无知的女人,就直截了当地解释给她听,根据英国法律,她并没有嫁给姓俞的,这样,她能做的最好的事情便是马上回英国去。她开始哭起来,他也有些心软。他答应把她托给一些传教士女子,在她回国途中照料她,确实,要是她愿意,他可以看看在此期间她能否住在其中一个教区里。但听他这么一说,兰伯特小姐擦掉眼泪。

“回英国有什么好处呢?”她最后说。“我没有地方可去。”



“你可以回你母亲那儿。”

“她根本反对我和俞先生结婚。如果我现在回去,那会没完没了听她唠叨。”

领事开始跟她争辩,但他说得越多她越是倔强,最后他失去了耐心。

“要是你喜欢和一个不是你丈夫的男人待在这儿,那是你自己的事情,我就爱莫能助了。”

她的回击让他怨恨不已。

“那么你就不必担心了,”她说,脸上那神色每当他想起就会浮现在眼前。

这是两年前的事了,自那以后他又见过她一两次。看来她同婆婆及他丈夫的另一个妻子的关系弄得很坏,她来找领事问一些根据中国法律她的权利这样愚蠢的问题。他重复他的建议叫她回国,但她仍然固执地拒绝离去,他们的见面总是以领事的勃然大怒而告结束。他几乎倾向于同情起那个姓俞的无赖来,他不得不在三个敌对的女人之间维持和平。根据他的英国妻子的说法,他对她并非不善。他极力平等地对待他的两个妻子。兰伯特小姐无力改善这种状况。领事知道她平常穿中国衣服,但来见他时就换上欧洲人的服装。她越来越有些邋遢了。她的健康也因中国饮食而受到损害,她开始看上去有些病态了。那天当她出现在他的办公室时,他确实感到吃惊。她没有戴帽子,头发乱蓬蓬的。她显得相当歇斯底里。

"他们想毒死我,"她喊叫着,把一只闻着有股食物腐臭味的碗拿到他面前。"这是有毒的,"她说。"我生病十天了,我能活着只能说是个奇迹。"

她详尽而又逼真地说了一大段故事,硬是要他相信,千真万确地是那些中国女人要用家常手段除掉仇恨她们的侵入者。

"他们知道你来这儿吗?"

"他们当然知道,我告诉他们我要去告发他们。"

现在终于是做决定性行动的时刻了。领事以他十足的公事公办的神态看着她。

"好吧,你绝对不能再回那儿了。我不会再听你的废话。我坚持要你离开这个不是你丈夫的男人。"

但他发现自己对这个女人没有理性的固执毫无办法。他重复了所有那些他用来劝说的理由,但她就是不听,跟往常一样,他发起火来。在回答他最后的几乎令人绝望的问题时,她所说的话完全夺去了他最后的一点平静。

"你究竟为什么要和这个男人待在一起呢?"

她迟疑了一会,眼里闪着一种稀奇古怪的神情。

“他额头上长着头发的那个样子我没法不喜欢,”她回答说。

领事从来没有听到过如此让他不能容忍的话。这真是最后的致命一击。而现在,他在城墙上大步走着,想以此来消除他的愤怒,虽然他不是一个常说粗话的人,但他实在控制不住自己,就恶狠狠地骂了句:

“女人简直就该死!”

# 三十一　小伙子

他沿路轻快地大步走着,信心十足。他年方十七,又高又瘦,光滑的面庞还未长出胡须。他的双眼又大又亮,只是有点斜,红润的嘴唇上挂着一丝微笑,举手投足透出年轻人的快乐和大胆。一顶小圆帽随意地戴在头上,他穿着黑色长衫,在腰间系了条带子,裤腿通常是扎在脚踝处的,现在却被卷到了膝盖。他赤脚穿着双草鞋,脚不是很大却很好看。他从大清早就沿着这条铺上石块的路走着,道路弯曲着爬上山坡又下到谷底,穿过无数稻田,经过坟茔累累的墓地,通过热闹的村子,在那里他或许对几个坐在门口的身穿蓝色衣衫的俊俏姑娘投下赞许的目光(不过我想,他更希望是姑娘们向他投来心仪的目光吧)。现在他终于接近了旅途的终点,一座他来寻找发财机会的城市。城市坐落在一片肥沃平原的中央,周围是筑有雉堞的城墙,当他远远地看到了目的地,便坚定地向前走去。他昂着头,对自己的力量十分自豪,而他全部的家当就是背在肩上的一个蓝色棉布小包。

当迪克·惠廷顿①出发去寻找发财和扬名的机会时,他随身带了只猫,而这位中国年轻人则用手指优雅地拎着一只红色栅栏的圆形小鸟笼,里面有一只漂亮的绿鹦鹉。



① 惠廷顿(R. Whittington, 1358—1423),又称迪克,英国商人,三次任伦敦市长。传说他原是个穷苦孤儿,因摩洛哥鼠害甚烈,国王高价买了他的猫而使他成为巨富。

# 三十二　范宁夫妇

他们住在一幢漂亮的方形房子里,四周有一圈走廊;房子坐落在一个临江的小山岗上,山下靠右一点也有一幢漂亮的方形房子,那是海关。范宁是海关专员,所以他每天到海关去。城市有五英里远,江边上只是一个小村子,专为过往水手提供他们需要的船上用具或食物。城里有几个传教士,但很少露面,村里的外国人除范宁夫妇之外,另有两位海关检查员。一位曾是个能干的海员,另一位是意大利人;他们都娶了中国太太。圣诞节和国王生日,范宁夫妇邀请他们共进午餐;此外他们之间的关系纯粹只是工作上的。轮船在这儿只停半个小时,所以他们从没有见过船长或主要轮机员,他们是船上仅有的白人,一年中有五个月水位太低,轮船无法通过。奇怪的是,只是在那个时候,他们看见的外国人最多,因为时不时地能遇到某个旅行者、商人或领事馆官员,而更常见的是传教士,他们坐平底船沿江而上,在这儿停靠过夜,这时,海关专员就去江边请他们来吃饭。他们生活得太孤单了。

范宁是个秃顶、壮实的矮个子男人,鼻子扁平,有一丛黑黑的小胡子。他做事严格、性格粗暴、语言生硬,一副盛气凌人的架势;对中国人说话总是提高嗓门,是那种粗声粗气下命令的调子。虽然他说一口流利的中文,但每当他的一个"孩子"做事让他不满意,他就用英语把他痛骂一顿。他会给你留下不好的印象,但最后你发现,他的粗暴仅仅是穿着的一层盔甲,用以掩饰一种痛苦的羞怯。他的意志战胜他的性情。当他努力使那些与他打交道的人相信他不是一个可怕的人,这时,他的粗暴几乎就是一种荒谬了。你觉得:他让别人严肃对待,没有谁会比他更为此感到吃惊了。他就像那些孩子们可以吹气的气球滑稽小人,你想到,他其实就生怕被吹炸了,这样每一个人就会看穿他不过是个空心大气泡。倒是他的妻子每每加以提醒和劝说,让他明白自己是个意志坚强的人,当风暴过后,她会对他说:

"你知道,你发脾气时吓坏了我",或者"我想我得跟那个孩子说些什么,他被你吓得直抖"。

这时,范宁就颇为自得,同时宽容地笑笑。当有人来访,她会说:

"中国人害怕我丈夫,但他们尊敬他。他们知道跟他玩花样没有好处。"

"是的,我应该知道怎样对付他们,"客人皱起眉头回答,"我在这个国家待了有二十年了。"

范宁太太是一个矮小、普通的女人,脸憔悴得像一枚酸果,有一只大鼻子和一口坏牙。她总是不很整洁,灰白的头发搭在额头上。说话中她会时不时地取出一个或两个簪子,晃一晃,也懒得照一下镜子,就随意地插在头发里。她喜欢鲜艳的色彩,穿着比较新奇,那是她和裁缝阿妈照着时装广告一起做出来的;但她穿起来从来都不能相配得当,而像是一个从沉船得救的人,一个女人能穿得如此稀奇古怪也真是少见。她像是一幅漫画,你看着她会忍不住发笑。她唯一有吸引力的是她柔和、极具乐感的声音,她说起话来那种低回的调子我不知道来自英国哪个地区。范宁夫妇有两个儿子,一个九岁一个七岁，他们和父母一起组成了这个孤寂之家。他们是两个可爱的孩子，心地善良而又天真烂漫，看着这个家庭如此和睦是很愉快的。他们在一起说个小笑话就逗得大伙很开心，他们彼此开玩笑，好像他们中没有一个超过十岁。虽然他们长时间互相陪伴，但看起来他们真像是谁也受不了别的一个人不在身边，每天当范宁去办公室时，孩子们舍不得让他离开，而每天他回家时他们欢天喜地迎候他。他们不怕他发脾气。

现在你会发现，这个和谐家庭的中心是那个矮小、古怪、难看的女人；使这个家庭和和睦睦的既不是出自偶然，也不是大家认可的特意安排，而是她身上那种爱的情感。从她早晨起床到晚上入睡，她的心思全在那三个她要照料的男人身上。她活泼的心灵时刻都在谋划他们的幸福。我不认为她忙乱的脑子里会有一刻想到她自己。她是一个无私的典范。这对于一个人而言真是难能可贵。她从来没有对人说过一句重话。她非常好客，是她让丈夫下山去江边请旅行者上来吃饭。但她邀请他们吃饭不是为了自己。她在孤单清静的生活中相当快乐，但她觉得丈夫会享受与陌生人交谈的乐趣。

“我不想让他陷在一个套子里。”她说。“我可怜的丈夫，他在这儿没有台球打，没有桥牌玩。除了一个女人没有人可以说话，这对一个男人来说真是太难了。”

每天晚上，当把孩子们打发上床，他们就玩纸牌。她打牌没有脑子，可怜的宝贝，她总是出错，但每当丈夫责备她，她就说：

“你不能指望每个人都像你一样聪明。”

就因为她把话说得如此明了，他也无从对她发什么脾气。当海关专员赢她的牌都腻了时,他们就去开留声机,并排坐着静静地听伦敦音乐喜剧的最新歌曲。你或许对此不屑一顾。可他们住在离英国一万英里远的地方,这是他们与他们深爱的家乡唯一连着的纽带;这使他们不觉得同文明全然割断。现在他们谈论着孩子们长大起来他们能为孩子们做些什么,但很快就会到送他们回国上学的时候了,这时,或许一阵疼痛会划过这个小妇人温柔的心房。

“伯蒂,孩子们一走,你日子会很难过的,”她说。“但那时我们也许可以搬到附近有俱乐部的什么地方去,这样,晚上你就可以去玩桥牌了。”

# 三十三　江中号子

整条江上你都能听得见高昂有力的号子,那是船夫们发出的。他们在奔腾的急流中奋力地划着,那艘平底帆船被冲击得船尾高翘,桅杆也偏向一边。而更扣人心弦的号子则来自江边的纤夫,他们拼命地拉着船逆流而上,如果是条乌篷船或许只需要五六个人,而要将一艘挂着横帆的漂亮大船拉过险滩则往往要动用几百号人。船正中站着一个人,不停地击鼓来鼓动纤夫们发力,那些纤夫拼尽全力,好像着魔一样,深深地弯着腰,有时气力用至极限,他们甚至四肢爬行,像荒野里的野兽。他们拉呀,拼命地拉,要与无情的激流抗争。他们的头领沿着队伍来回巡视,要是看到谁没有使出全力就会用竹片抽打他赤裸的脊背。每个人都必须竭尽全力,不然就会前功尽弃。尽管这样,他们的歌声依然热切、激昂,那是与汹涌波涛战斗的号子。我不知道该如何形容这号子努力要表达的东西,我想它表达的是绷紧的心弦、撕裂的肌肉和人类战胜无情的自然力量的不屈不挠的精神。虽然纤绳可能断裂,大船摇晃倒退,但最终还是渡过了险滩,而这劳累的一天也将以一顿热腾腾的饭菜,或许还有几管可以让人安然入睡的大烟而结束。然而,最痛苦的号子,是那些把大包货物从船上卸下,再一步一步沿着陡峭的石阶扛到城墙边的苦力们喊出的。他们不停地上上下下,而在举步维艰时发出的有节奏的呼号也是不间断的,“嘿,哟——啊,嗬”。他们都赤着脚,光着上身,他们汗流满面,他们的号子是痛苦的呻吟,是绝望的叹息,是揪心的呼喊。这声音几乎不是人发出的,那是灵魂在无边苦海中有节奏的呼号,它的最后一个音符是人性最沉痛的啜泣。生活实在是太艰难、太残酷了,这是他们最后的绝望的抗议。这就是江中号子。

# 三十四　海市蜃楼

他身材高大，有一双天蓝色的水泡眼和一副困窘的神态。他的皮肤绷得紧紧的，使你觉得如果微微放松一点他就会舒服一些。他的头发柔软拳曲，紧紧贴在头上，这给你一种那不过是假发的感觉，让你忍不住想把它揭下来。他不擅闲聊，交谈中不是没有谈资就是无缘无故地冥思苦想，要不就是一个劲地请你喝苏打威士忌。

他是英美烟草公司在这里的负责人，他住的房子既是公司的办公室、仓库，也是他的居所。客厅沿墙整齐地摆着一套家具，上面的套子沾满了灰尘，中间放了一张圆桌。挂着的一盏油灯发出暗淡的光线，还有一个煤油炉用于取暖。墙上合适的地方都挂着镜框，里面放的是一些从美国杂志圣诞专刊上裁下来的石印油画。但是他不常到这间屋子来，闲暇时光一般都在卧室里打发。在美国他总是寄宿在别人家中，只有自己的卧室才是唯一的私人空间，这让他养成了一个人待在房间里的习惯。坐在客厅里让他觉得不自在，他不喜欢脱外套，他觉得只有在家里才只穿衬衣，他把图书和文件全放在卧室里，那里还放了一张书桌和一把摇椅。

他在中国已经住了五年，但他还是不会说中文，对那些很可能要耗尽他人生最好时光的商业竞争也没什么兴趣。他做生意要靠翻译，家里则由一个仆人料理。他经常跋涉数百英里远去蒙古，通常是乘中国大车或骑矮脚马进入那个荒凉的山地国家；他投宿在路边的小客栈，那里聚集着成群的商人、牲口贩子、牧民、大兵、流氓和恶棍。那块土地上的人都不安分,一旦有了骚动,他就可能危在旦夕。但他去那儿都是为了生意上的事,这让他觉得厌烦,所以他总是很高兴能回到公司里那间他熟悉的卧室。他读得很多,但看的只是美国杂志,每次他的邮件都有很多杂志;看过的杂志他也不扔,堆的满屋子都是。他所居住的城市是蒙古进入中国的边境口岸,那儿住满了中国人,每天进出城门的蒙古骆驼商队川流不息;长龙般的牛车从亚洲遥远的地方拉来了兽皮,沿着拥挤的街道轰隆隆地驶过。他烦透了。似乎近在咫尺的冒险生活从未降临到他身上。他只在书中见识过这种冒险生活;他需要在那些描写美国得克萨斯州或内华达州的逞强斗狠,或是南太平洋上惊险逃生的传奇故事中去感受一腔热血沸腾。

## 三十五　陌生人

在酷热下出城走走是一种享受。传教士离开那艘沿着河流慢慢下行的游艇，随即舒舒服服地坐进等在河边的轿子。他被抬着经过河边的一个村子，开始上山。沿着铺了石条的台阶上山约莫有一个小时的路程，路旁长着松树，你能瞥见阳光下闪着光芒的宽阔的河流，两岸是一片绿油油的稻田，这景色赏心悦目。轿夫们迈着大步，背上的汗珠亮闪闪的。这是一座香客朝圣的山林，顶上有一座佛寺，山路边有些供休憩的房子，苦力在那儿把轿子停了歇上几分钟，一个身穿灰袍子的和尚递给你一碗花茶。空气清新，有股甜味。享受舒适的郊游——晃悠的轿子让人非常放松——使得城里的一天几乎是有价值的了。这段山路走完就到了他的漂亮的小别墅，他要在这儿消夏避暑，眼前是香甜温柔的夜色。那天的邮件到了，他取出信和报纸，有四期《星期六晚邮报》和四期《文摘》。他期望的只是令人愉快的事物，人们常说的那种平安（即他所谓"出人意外的平安"①）很久以来就该降临于他，每当他离开喧闹的城市，置身于绿色山林，这种平安就会充满他的全身。

但他还是烦恼。这天他倒霉地碰到了一个人，事情虽小，但他仍然耿耿于怀。正是这个原因，他脸上蒙了一种愠怒的表情。这是一张清瘦、敏感，几乎像是苦行僧的脸，五官匀称，有一双智慧的眼睛。他个子高而单薄，细长的双腿犹如一只蚱蜢，在他坐在轿子里随着轿夫的脚步晃悠时，你会觉得那模样有几分滑稽，像一朵枯萎的百合。他是个温柔的人,连一只苍蝇也不愿意伤害的。

他在城里的一条街上碰见了桑德斯医生。桑德斯先生是位灰白头发的矮个子男人,脸色红润,有一只狮子鼻,这奇怪地给了他某种厚颜无耻的表情。他有一张肉感的大嘴,笑起来会露出发黄的蛀牙,而他是笑口常开的;他笑的时候,一双蓝色的小眼睛眯成一种古怪的样子,看起来像个阴险小人。他身上有某种粗俗味儿。他举动急促而又常常出人意外。他走路步子很快,感觉他总有急事要办。他是一个住在闹市区的医生,周围都是中国人。他没有注册,有好事者就去查询他是否有正式的资格;事实是他被吊销了行医资格,但什么罪名,刑事上的还是纯粹职业上的,无人知道;他怎样来到东方并最终在中国海边城市住下来,也没有人知道。但有一点是清楚的,他是个非常聪明的医生,中国人非常相信他。他避开外国人,但避不开流言蜚语。每个认识的人向他问好,但没人邀请他上门,也没人登门去拜访。

那天下午他们遇到时,桑德斯医生大声打招呼:

"什么风在这个时候把你吹到城里来了?"

"我有些事情要办,不能再拖了,"传教士回答,"我还要取邮件。"

"有一天,一个陌生人要找你。"医生说。

"找我?"传教士吃惊地叫起来。

"哦,不是特地找你。"医生解释说。"他要找美国传教团,我告诉了他,但我对他说,他在那儿找不到人。他听后显得有些吃惊,我

① 语出《圣经·新约》之"腓立比书"。

就告诉他你们五月就去山里了,要到九月才回来。"

"一个外国人?"传教士问,心里纳闷这个陌生人会是谁。

"喔,是的,当然是外国人。"医生眨着眼睛说。"后来他又问我其他传教团,我告诉他伦敦传教团在这儿有个机构,但去那儿也没有用,因为所有的传教士都去山里了。城里也实在是热得够戗。'那我去找一家传教士学校。'陌生人说。'喔,学校都关了。'我说。'那我去找传教士医院。''可以试试,'我说,'美国医院的设备都是最新的。他们的手术室棒极了。''主持的医生叫什么名字?''喔,他上山去了。''那病人怎么办?''五月到九月之间没有病人,'我说,'要有的话,他们就只好麻烦本地药剂师了。'"

桑德斯医生停了一会。传教士看来有点摸不着头脑。



"后来呢?"

"陌生人犹豫不决地看了我一会。'我离开前还是想看看这些传教团。'他说。'你可以试试去找罗马天主教的传教团,'我说,'他们一年四季都在这儿。''那他们什么时候休假呢?'他问。'他们不休假,'我说。他听我这么一说就走了。我想他去找西班牙修道院了。"

传教士感觉像是掉进了陷阱,他烦躁不安地想他是怎样不明不白地掉进去的。他倒要看看还会发生什么。

"这个人到底是谁呢?"他佯作天真地问。

"我问过他的名字。"医生说。"'哦,我是基督。'他说。"

传教士耸了耸肩,猛然叫黄包车夫拉车就走。

这件事可把他气坏了。这很不公正。确实,他们五月到九月不在城里,但天这么热不可能做什么有意义的事,有经验的人都知道,在炎热的夏季让传教士在山里避暑以保持健康和精力,这对他们是大有好处的。一个生病的传教士只是个累赘。这是一种讲实际的政治,应该知道,如果一年中的部分时间拿出来用于休息和娱乐,那上帝的工作也会被做得更有效率。而且,用罗马天主教来比较也是很不公平的。他们不结婚,没有家庭顾虑。他们中的死亡率很可怕。这就是为什么,就在那个城市,十四个修女十年前来到中国,除了三个其余都死了。对他们来说,生活是极为轻松的,因为他们住在市区,全年待在那儿,工作起来很方便。他们没有牵挂。他们无需对亲朋承担义务。哦,把罗马天主教扯进来真是不公正。

然而,他心里突然冒出一个想法。最让人气不过的是没说一个字就让这无赖医生走了,你只要看一眼那张不怀好意堆着笑的脸就知道他是个无赖。当然可以给他一个回击,但那时他心里还没有想好;而眼下他想出了一句妙语。他心里涌出一股满足的欣喜,他几乎设想自己已经说了这句话。这是一个令对方哑口无言的驳斥,他满意地擦着他那双长长的、薄薄的手掌。"我亲爱的先生,"他应该这么说,"我们的上帝在履行公务的时候从不声称他是基督。"这是一句无法回应的斥责,这么一想,传教士忘掉了他的坏心情。

## 三十六　民主精神

这天夜里很冷，我吃过晚饭坐在燃着木炭的火盆边取暖，我的仆人在给我铺床。大部分的苦力住在隔壁的房间，隔着薄薄的木板墙，我可以听见他们中的几个人在谈天。一小时之前，另一拨旅客也住进了这个小客栈，于是这就客满了。突然间，外面传来一阵喧闹，我立刻到门口，看见从外面进来三乘轿子。轿子停在我面前，从第一乘轿子中走出一个矮胖的中国人，气宇不凡；他身着松鼠皮镶边的黑色绸袍子，头戴一顶毛皮方帽。他看到我站在客房门前，似乎吃了一惊，于是转向店主，用一种威严的语气询问。他看上去似乎是位官员，因为这间客栈最好的房间已经被占了而很是不满。店主告诉他有一个房间还空着。这是一个小房间，沿墙摆着几张床，铺了稻草，这房间通常是给苦力住的。他看后勃然大怒，于是场面顿时热闹起来。这官员认为这是对他的侮辱，他的两个随从和脚夫也嚷嚷着附和，而店主和仆役则不停地申辩，解释，甚至恳求。那官员咆哮着威胁店主，于是曾经宁静的小院在几分钟内就回荡着愤怒的吼声，但这吵闹来得快去得也快，双方说妥了，官员屈尊住进了空着的房间。一位脏兮兮的仆役端进去热水，店主跟着送上热腾腾的大碗米饭，于是一切又都安静下来。

一小时后，我上床之前，走到院子里伸伸腿，活动了五分钟，让我吃惊的是我见到了那位矮胖的官员，刚才他还是那么刚愎自用傲气十足，现在却和一伙衣衫破旧的苦力一同坐在客栈前院的小桌子边。他们愉快交谈着，那官员静静地抽着旱水烟。他之前的所作所为看来只是为了使自己不丢面子，而这一目的达到之后，他就有了找人聊天的愿望，便也不介意与苦力们的社会差异了。他的态度也还热情，丝毫看不出屈尊俯就的不快，苦力则和他平起平坐地交谈。对我来说，这似乎就是真正的民主。东方人的这种平等观念既不同于欧洲人也有别于美洲人。在他们看来，职位和财富造成的人与人间地位的尊卑完全是偶然的，并不妨碍人的交往。

当我躺在床上时，我问自己为什么在专制的东方，人与人之间比自由民主的西方有更多的平等，我得承认，必须到臭水沟里去找答案。因为在西方，我们凭嗅觉来划分三六九等。工人是我们的主人，他们倾向于用铁腕统治我们，但不可否认他们身上带着臭味：没有人会对此感到奇怪，因为一大早要赶在工厂的铃响之前，抽空冲个澡可不是件方便的事情，再说，干重活的也不指望身上会有香味；而如果你对必须承担每周洗涤工作而满腹牢骚的妻子不能有所帮助，你也很难勤换内衣。我并不因为工人有汗臭而责怪他们，但那也是不可否认的事实。对嗅觉灵敏的人来说，这会造成社交的困难。大清早的一个澡要比出身、财富和教育更能区分出不同的阶级。我们注意到，那些出身低层的小说家常把这作为社会偏见的象征，而当代一位最优秀的作家在他的风趣故事中把每天早上洗个澡当作流氓人物的标志。而在这儿，中国人一生都在和各种难闻的气味打交道，他们自己并未觉察。他们的嗅觉并不能分辨对欧洲人不适的气味，所以他们并不介意和田里的农夫、苦力和手艺人平等交往。我敢说，也许臭水沟比议会制度更有利于民主。卫生设备的发明破坏了人的平等观念，它比少数人对资本的垄断更能引起阶级仇恨。

这无疑是一个悲剧性的设想：当第一个人拉下抽水马桶的把手,他其实已不自觉地敲响了民主精神的丧钟。

## 三十七　基督复临派教徒

他身材高大，十分结实，衣服在身上绷得紧紧的，给你一种他买过衣服身上就开始长肉的印象。他总是穿着同样的衣服，那套蓝色西装，一看就知道是从百货公司买的现成货，胸襟上装饰着一面小小的美国国旗，领口浆过多次，一条黄领带上印有勿忘我花的花纹。他短小的鼻子和好斗的下巴，使那张刮得干干净净的脸上有一种坚定的表情；他那双大大的蓝眼睛藏在一副大金边眼镜之后，他的头发沿两鬓向后梳着，紧贴在头上，平直而呆板，但头顶上却有一簇不服帖的头发如鸡毛般翘着。



这是他第一次在长江上旅行，但他对周围的景色毫无兴趣。他从不欣赏一下从他身边流逝的滚滚江水，也不关心日出或日落时分，阳光给景物染上一层忧伤还是柔和的色彩。挂着白色横帆的大船沿江平稳地顺流而下。月亮出来了，给壮丽的大江披上一层银纱，给岸边绿树掩映中的庙宇添了一道奇异的神秘之光。而对这一切，他就是提不起兴致。他每天会抽空学点中文，而其他时间则用来读三个月前的一份《纽约时报》及 1915 年 7 月的国会辩论，天知道这些东西为什么在船上。他对这个他来宣传福音的国家中流行的种种宗教毫无兴趣，轻蔑地将它们归结为对魔鬼的崇拜。我觉得他从没有读过孔子的《论语》，对中国的历史、艺术和文学一无所知。



我不明白他为什么来这个国家，他谈及他所从事的职业就像一个公务员说他的工作一样,虽然报酬少(他抱怨挣的比一个手艺人还要少),他还是希望能把工作做好。他希望他的教堂能有更多的信徒,希望他的教会学校能自给自足。也许他曾经对感化异教徒有过坚定的决心,现在已经一点看不出来了。他把所有的事都当成生意来做,而成功最大的秘诀就在于这个宝贵的词"组织"。他是一个正直、诚实和有道德的人,但对他的事业既没有激情也没有热忱。他似乎认为中国人头脑简单,就因为他们不了解他所做的事情,他就觉得他们愚昧无知。他自以为比他们高贵,他们制定的法律不适用于白人,而对他们希望他入乡随俗的想法他也十分讨厌。不过他人并不坏,也确实有个好脾气,只要你不去挑战他的权威,他无疑会尽心尽力为你效劳。

# 三十八 哲学家

这一个在我看来如此偏僻的地方,竟能发现这样庞大的一个城市,真让人感到惊奇。站在它面向落日的城楼上,你能看到西藏的雪山。城里人口众多,你只有在城墙上才能走得自由自在,一个腿脚快的人走城墙一圈要花三个小时。一千英里内没有铁路,河道很浅,只有载重不大的平底船能够安全航行。坐舢板需要五天才能抵达长江上游。在心神不安的时刻,你会自问:对生活来说,火车和轮船是否是必需的?我们每天使用这些交通工具,我们也认为是必需的;而在这儿,一百万人在成长、婚嫁、生儿育女和衰老死亡;这儿一百万人也忙碌地从事商业、艺术和思想创造。

这座城市里住着一个著名的哲学家①,前去拜访是我这次艰苦旅程的心愿之一。他是现代中国儒家学说最为权威的学者。据说他能流利地讲英语和德语。他多年担任慈禧太后的一个大总督的幕僚,但如今过着退隐的生活。然而全年某个星期的几天里,他会敞开大门进行诸如切磋学问、讲授儒学的活动。他有一批门徒,但人数不多,因为比起他那朴素的寓所和严厉的训诫,大部分学生更喜欢外国大学华丽的建筑和洋人有用的科学;而在他看来,这都不值得提起,他也不屑一顾。从听到的所有情况我可以推断,他是一个有个性的人。

当我表示想拜访这位名人时,我的东道主马上答应安排一次会见;但几天过去了,一点动静也没有。当我问起时,主人耸了耸肩。

"我送去一张便条让他过来。"他说。"我不知道他为什么没有来，真是个固执的老家伙。"

我不认为以如此傲慢的方式对待一位哲学家是合适的，我也不奇怪他不理会这样的召唤。我设法给他送去一封信，用我想得出的最有礼貌的措辞问他能否同意我去拜访他，不到两个小时，我收到了回复，约定第二天上午十点钟见面。

我坐了轿子去。路似乎长得没有尽头。我经过或拥挤或冷僻的街道，最后来到一条街上，这儿安静而又空旷，在一堵长长的白墙中的一个小门前，轿夫放下我坐着的轿子。轿夫敲敲门，过了好一会儿，门上的一个小窗打开了，一双黑眼睛朝外看，随之是一番简短的通话，最后同意我进去了。一个脸色苍白的年轻人，神情委靡，衣着寒酸，示意我跟他走。我不知道他是一个仆人还是这位大师的一个门生。我穿过一个破败的院子，被引进一间狭长低矮的屋子。这儿几乎没有家具，只有一张美国式书桌、两把红木椅和两张中国式小桌子。靠墙摆着书架，上面有很多的书：绝大多数当然是中文书，但也有许多英文、法文和德文的哲学和科学书籍；还有几百册未装订的学术期刊。在没有被书架占着的墙上，挂着不同风格的书法条幅，我猜想写的是孔子语录。地上没有地毯。这是一间阴冷、空荡，也不舒服的屋子。只是书桌上一只高花瓶中的黄色菊花，才使这阴沉的屋子有了些生气。

我等了些时候，那个引我进门的年轻人端来一壶茶、两只茶杯

---

① 指辜鸿铭(1856—1928)，他曾留学英、法、德等国，精通数国语言。曾为张之洞幕僚，辛亥革命后任教于北京大学；推崇儒家学说，反对新文化。毛姆上世纪二十年代初前往拜访。

和一听弗吉尼亚牌香烟。他刚出去,哲学家就进来了。我赶紧表示蒙他的好意让我登门拜访。他请我坐下并开始沏茶。

“我很荣幸你想来看我。”他回答我的问候说。“贵国人只是跟苦力和买办打交道,他们以为每个中国人必然地不是苦力就是买办。”

我冒昧地表示异议。但我没有抓住他说话的要点。他将背靠在椅子上,带着一种嘲讽的表情看我。

“他们以为我们可以招之即来。”

我明白我朋友的糟糕的便条还在让他生气。我不知道该怎样解释,我喃喃地表达了对他的敬意。

他是个上了年纪的人,高个子,扎着一条细长的灰辫子,有着明亮的大眼睛和厚重的眼袋。牙齿已经缺损发黄。他很清瘦,长得好看的双手小小的,干瘪得有些像爪子。我听说他抽鸦片。他衣着简朴,穿一件黑色长袍,戴一顶黑色帽子,衣帽都有些旧了,深灰色长裤在脚踝处扎起来。他看着我。他还不知道该以怎样的态度接待我。他有一种戒心。自然,哲学家在关注精神生活的人中间占着一个尊贵的位置,根据本杰明·迪斯累利的权威说法,这种尊贵必须以充分的恭维来供奉。我也有了我应该恭维的对象。现在我感觉到他的举止有了某种放松。他就像这样一个人,正儿八经地摆好了姿势准备拍照,但等快门咔嚓一响就离开,并轻松地恢复他的自我天性。他让我看他的藏书。

“你知道,我在柏林得到了哲学博士学位。”他说。“后来我在牛津大学学习了一个时期。但英国人,如果你允许我这么说的话,于哲学而言不是很有天分。”

虽然他做出这一评论时带着歉意，但很明显，他乐于说一件让人略感不悦的事情。

“在思想界我们不是没有颇具影响的哲学家。”我提醒他说。

“休谟和贝克莱[①]？我在牛津的时候，那儿的哲学教授都想着别去冒犯他们的神学同事。他们并不跟从他们的思想抵达它逻辑上的结论，免得危及他们在大学圈子里的地位。”

“你研究过美国哲学的现代进展吗？”我问。

“你是说实用主义？这是那些想要信不可信之物的人的最后庇护所。我对美国石油比对美国哲学更有兴趣。”

他的议论非常尖刻。我们又坐下来喝茶。他开始说得更流畅了。他说一口规范而地道的英语，时不时地用一句德语来表达意思。就一个固执的人所能受到的影响而言，他可能深受德国的影响。德国人的条理性和勤奋给他留下了极为深刻的印象，他们哲学上的敏锐对他来说是显而易见的，尤其当一个治学刻苦的教授在学术杂志上发表一篇文章论及他自己的一本著作时。

“我写了二十本书。”他说。“那是在欧洲出版物上唯一一篇评论我的文章。”

但是，他对西方哲学的研究最终只是有助于他彻底弄明白：智慧说到底只能在儒家经典中被发现。他毫无保留地接受了儒家学说。它圆满地回应了他精神上的需求，反过来，又使西学根本上显得空洞。我对此感兴趣是因为这证明了我的一个观点：哲学关乎



① 休谟(D. Hume, 1711—1776)，英国哲学家；贝克莱(G. Berkeley, 1685—1753)，爱尔兰哲学家。

个性,而不是逻辑。哲学家的信念并非依据确实的证据,而是他自己的性情;他的思维活动仅仅用来证明他直觉到的真实是有道理的。如果儒家学说牢牢地控制着中国人的思想,这是因为它解释和表达了中国人的思想,而没有其他的思想体系能够做到这一点。

我的主人点了一根烟。起初他的声音有些微弱疲惫,但随着谈兴越来越浓,他的声音也益发有力。他很兴奋地说着。他身上几乎没有一个智者的沉静。他是一个能言善辩者,也是一个斗士。他厌恶现代个人主义的吁求。在他看来,社会是个统一体,家庭则是社会的基础。他拥护古老中国、传统教育、君主制和僵硬的儒家经典。他越来越严厉地、愤愤不平地说起那些新近回国的留学生,责备他们亵渎神圣,摧毁世界上最古老的文明。

“但是你们,知道你们正在做什么吗?”他大声说。“你们凭什么相信你们要比我们高出一筹?在艺术和学术上你们就胜过我们?难道我们的思想家不如你们深刻?难道我们的文明没有你们的文明那么复杂、那么深奥、那么精细吗?这么说吧,在你们住在山洞里,身上披着兽皮的时候,我们已是一个开化的民族了。你们知道我们在尝试人类历史上独一无二的实验吗?我们寻求以智慧而不是强力来管理这个伟大的国家。千百年来我们成功地做到了。那为何白种人要瞧不起黄种人呢?这要我来告诉你吗?因为白种人发明了机枪。那就是你们的优势。我们是一群没有防御能力的人,你们可以不费力地置我们于死地。你们粉碎了我们哲学家的梦想:世界能以法律和秩序的力量来治理。如今你们正在教育我们的年轻一代懂得你们的秘密。你们将可怕的发明强加给我们。你们不知道我们学习机械的天才吗?你们不知道在这个国家有四万万世界上最务实、最勤劳的人吗？你们认为我们得用很长时间才能学会吗？当黄种人能够造出跟白种人同样精良的枪炮并射击得同样准确时，那你们的优势何在呢？你们诉诸枪炮，你们也将会由枪炮来裁决。”

但这时我们的谈话被打断了。一个小女孩悄悄地走进来，依偎在这位老先生身边。她瞪着好奇的眼睛望着我。他告诉我这是他最小的孩子。他抱住孩子，低声跟她说些爱抚的话并温柔地吻她。她穿着黑色外套，裤子几乎够不到踝骨处，一条长辫子拖在背后。她是在皇帝退位、辛亥革命取得成功的那天出生的。

“我曾想她宣告着新时代之春的来临。”他说。“然而她只是这个伟大国家之秋的最后的花朵。”



他从书桌的一只抽屉里取出些铜钱，交给小女孩就让她走了。

“你看见我留了一条辫子。”他把辫子拿在手里说。“这是个象征。我是古老中国的最后的代表。”

他现在更温文尔雅了，他说起古代哲学家如何带着他们的弟子周游列国，传授一切值得学习的知识。各国王侯召请他们商议国事，让他们成为城市的治理者。他非常地博学，也极富口才，他绘声绘色地给我讲述了他的国家历史上的一些事件。我不禁想他多少是一个悲哀的人物。他觉得自己有治理国家的才能，但没有帝王来赋予他治理国家的重任。他满腹经纶，渴望传授给莘莘学子，这是他精神上所追求的，但只有少数生活不幸、贫寒和资质愚钝的外乡人去听他讲学。

我几次小心地表示我该告辞了，但他不想让我走。最后我觉得必须走了。我站起身。他拉住我的手。

“你来看望中国最后一个哲学家,我要送你一点东西作为纪念,但我是一个贫穷的人,我不知道能送什么才值得你接受。”

我谢谢他的好意,表示拜访留下的记忆本身就是宝贵的礼物。他笑了。

“在这个衰败的时代,人的记忆是很短暂的,我愿意送你更为坚实一点的东西。我想送你一本我的书,但你不会读中文。”

他带着一种亲切的困惑表情看着我。我有了一个主意。

“送我一幅你的字吧。”我说。

“你喜欢中国书法?”他笑着说。“我年轻时就有人认为我的字体不是一无是处的。”

他在书桌前坐下,取出一张宣纸铺开来。他在砚台里倒了一点水,用墨磨着,又拿来了笔。他活动了一下手臂,开始写起来。我一边看他写字,一边饶有兴味地想起有关他的一些轶事。说是这个老人每当积攒了一些钱,就会胡乱地用在花街柳巷,这是通常对那些地方的委婉说法。他的大儿子是城里一个有名望的人,被他父亲的传闻弄得很没有面子,只是他强烈的孝顺心才避免了对这种放荡行为的严厉责备。我敢说,对做儿子的来说,父亲如此放荡确实令人难堪,但对研究人性的学者而言,这又是可以平静看待的。哲学家倾向于在书房中阐述他们的理论,只是从他们间接了解的生活材料中得出结论,而在我看来,如果他们也面临普通人所遭遇的人生浮沉,那他们的著作会有更确切的意义。我是乐于宽厚地看待老夫子的这种雅好的。也许他寻求的不过是去阐明人之假象的最不可理解的一面吧。

他字写好了。为了让墨迹干得快些,他撒了些粉末在纸上,随后把纸递给我。

“你写了些什么?”我问。

我想他眼神中略微有一丝恶意。

“我冒昧地送你我自己的两首小诗。”

“我不知道你还是个诗人。”

“在中国仍是一个未开化的国家时,”他不无讽刺地回答说,“所有的读书人至少会写几行风雅的诗句。”

我接过纸,看着上面的汉字,这些字在纸上构成了一种好看的图形。

“你愿意给我翻译一下吗?”

“译者即叛徒,”他回答说。“你别指望我出卖自己。请你的英国朋友帮忙吧。那些中国通其实一无所知,但你至少可以找到一个人,能够给你粗略而简单地翻译几行。”



我向他告辞,他特别客气地送我到我的轿子前。后来有个机会,我把诗给我认识的一个汉学家看,下面就是他的译文。[①] 老实说,我读诗的时候,多少有点吃惊,这无疑是不合情理的。

你不爱我时:你的声音甜蜜;
你笑意盈盈;素手纤纤。
然而你爱我了:你的声音凄楚;
你眼泪汪汪;玉手让人痛惜。
悲哀啊悲哀,莫非爱情使你不再可爱。



---

① 我应该感谢我的朋友 P. W. 戴维森先生友好的帮助。——原注。

——

我渴望岁月流逝
　那你就会失去
明亮的双眸，桃色的肌肤，
还有那青春全部的残酷娇艳。
　那时我依然爱你
　你才明了我的心意。
令人歆羡的年华转瞬即逝，
　你已然失去
明亮的双眸，桃色的肌肤，
还有那青春全部的迷人娇艳。
　唉，我不爱你了
　也不再顾及你的心意。

# 三十九　女传教士

她肯定有五十岁了，但因为生活中充满坚定的信念，从未被怀疑所困扰，她的脸至今仍很光滑，她眉头舒展，从不因思想的迟疑不决而皱起。她的五官端正大方，颇有阳刚之气，而那坚定有力的下巴也可以证实她的眼睛给你的印象。她那双湛蓝色的眼睛坚定而又平静，而这是透过一副大大的圆形眼镜展示给你的。你会觉得她一定很有领导的能力，在她的所有品德中，慈祥无疑是最重要的，你会确信她无论做什么，善心总是贯穿始终。你可以说她并非没有人类的虚荣心（不过这可以理解为她的优雅仪态），因为她穿了一件绣有许多花卉的紫色绸裙，头上还戴一顶插了不少三色堇花的无边女帽，那帽子要是换个不那么体面的女士戴就会显得不甚雅观。不过就是我那当了二十七年威茨特博教区牧师的叔叔亨利，即使对牧师太太的服饰抱有成见，也从不反对苏菲婶婶穿上紫颜色的衣服，他也不会觉得这位女传教士的服装有何不妥。她谈吐流利，就像打开水龙头流出的平稳水流，她的话语犹如竞选活动即将结束时一个政治家那样令人惊叹地滔滔不绝。你会觉得她思维清晰，也确切地表达了她所要表达的意思（我们中还很少有人能做到这一点）。

“我常想，”她愉快地指出，“当你知道一个问题的两面时，你做出的判断会与仅仅知道其中一面大不相同，但关键在于，如果二加二等于四，你就是争辩一整夜，也不能让它们等于五，你说我说的对不对？”

我连忙肯定她所说的完全正确，虽然我内心对用这一奇特的方式来表述相对论和平行线永不相交这些新理论没什么把握。

“没有人可以既吃掉自己的蛋糕又能同时留着它，”她接着说，并引证了克罗齐①的语法来表达并不相干的理论，“一个人必须既能享乐也能吃苦，但正如我常对孩子们说的，你不能指望事事都能顺心如意，人无完人，我常想如果你期待看到人们最好的一面，你就会看到最好的一面。”

我承认我有所犹豫，但还是决定尽我所能申辩一下，这仅仅是出于礼貌。

“大部分人生活中都能在困难中看到光明，”我热切地说，“只要你有毅力，你就能做很多你力所能及的事，说到底，有什么要什么总比要什么有什么来得更实际。”



当我信心十足地说出这番话后，我觉得她眼中闪过一丝困惑，但很可能那不过是我的幻觉，因为她有力地点了点头。

“自然，我明白你的观点。”她说。“我们的所作所为不能超越能力所限！”

但我正处在兴奋中，便不顾她的插话继续说道：

“一镑是二十先令，一个先令是十二便士，但很少有人去领会这其中的深奥道理。我相信与其稀里糊涂地撞上一堵墙，还不如看看清楚自己的鼻子尖。如果这之中有一件事是我们可以确信的，那就是整体大于部分！”

她热情地和我握了握手，以其坚定而富有个性的方式，她向我

① 克罗齐（B. Croce，1866—1952），意大利哲学家，提出“直觉即表现”的理论。

道别说：

“和你说话很有意思，在这样一个远离文明的地方能和一个智慧相当的人交换意见真是难得啊！’

“尤其是借助别人的智慧。”我低声说。

“我一直认为，一个人应该汲取前辈们的伟大思想。”她反驳道。“这表明那些杰出的古人并没有白活！”

这真是雄辩之论。

# 四十　一局台球

我坐在旅馆的门廊里读着一份几天前的《南华时报》，这时酒吧间门被猛地推开，一个高高瘦瘦的男人走了过来。

“我能跟你打一局台球吗？”他说道。

“当然可以。”

我站起身来，随他走进酒吧，这家石砌的旅馆并不大，外观很是朴素，它是由一个吸食鸦片的葡国混血儿开的。这里一共只住了五六个人：一位葡萄牙官员和他的妻子，他们在等待客船将他们带往一处遥远的殖民地；一位成天喝着闷酒的英国兰开夏郡工程师；一位神秘的女士，年纪已经不轻却打扮得很妖艳，每天来餐厅，吃完饭又很快回她自己的房间里去了；而这位男子我却没见过。我猜他是傍晚刚坐一条中国船来的。他年过五十，身上的体液像是被热带阳光晒干了，还有一张砖红色的脸。我猜不出他是干什么的，他也许是个失业的船长，或者是某家外国公司在香港的代办。他人很沉默，我在打球时想和他寒暄几句他也不搭理。他打球的水平虽说不上高超，却也相当不错，而且和他打球很愉快；每次他把我的球打落袋中，他不是由我连开两球，而是让我打一杆好打的球。但要不是他第一次打破沉默，抛给我一个奇怪的问题，这局台球打完之后我肯定会很快忘了他。

“你相信命运吗？”他问道。

“是指打球吗？”我问，心中感到十分惊讶。

“不，我是指人生。”

我并不打算很严肃地回答他的问题。

“我不太清楚。”我说。

他打了一杆球，打得有点滑，然后，他在给球杆上粉时说：

“我相信，我相信如果麻烦找上门来，你躲也躲不掉！”

就是这些，他再也没有多说。打完这局之后，他径直上楼睡觉去了，从此我再也没有见过他。我也将永远不会知道究竟是何种奇怪的冲动让他向一个陌生人突然提出这样一个问题。

# 四十一　船　长

我知道他喝醉了。

他是这期短训班的一名船长,个头不高却很整洁,胡子刮得干干净净,他以前可能很容易就晋升为一艘潜艇的指挥官。在他的舱房里挂着一件镶着金边的漂亮的新制服,这种制服因为在战时广泛使用,现在商船上也很常见,但他觉得穿着不大好意思;他不过是长江上一条小船的船长,穿这样的制服有点不合适;在驾驶台上他穿着一件挺刮的棕色制服,戴一顶洪堡帽①;一双皮鞋擦得锃亮,都可以照见人的影子。他的眼睛清澈而明亮,皮肤保养得很好,虽然年近四十,而且有二十多年在海上度过,但看他样子还不到二十八岁。你会觉得他是个洁身自好的人,身心都很健康,人们谈及的东方的堕落于他是无缘的。他对通俗文学很感兴趣,书架上摆满了不少卢卡斯②的书。在他的舱房里你还能看到一张他曾经效力过的足球队的合影,另外两张照片上是一位有着漂亮鬈发的妙龄女子,可能是他曾经订过婚的人。

我知道他喝醉了,要不是他突然问我这样一个问题,我还真不知道他醉成那样。

“什么是民主?”

我回避了这个问题,草草地应付了他,于是接下来的几分钟里我们的话题又回到日常生活中来,之后他打破沉默又说:

“我希望你不会因为我问你‘什么是民主’就把我当成一个社

会主义者。”

“怎么会呢?”我答道,“但我不知道你为什么不能是个社会主义者呢?”

“我用我的名誉向你保证我不是。”他断言道。“我恨不得让那些人对着墙站好,然后射杀他们呢!”

“那什么是社会主义呢?”我问道。

“唉,你知道我的意思,亨德森和拉姆齐·麦克唐纳[3]及所有这一类家伙。”他答道。“我都快被‘工人’这个词弄烦了!”

“但我觉得你自己也是一个工人吧。”

他沉默了许久,我认为他开始考虑别的事情了,但我错了,他一直在考虑如何回答我所说的,因为他最后说道:



“看看这,我不是一个工人,去他妈的,我可是从哈罗公学[4]毕业的啊!”

---

① 一种帽边卷起帽顶有纵向凹形的软毡帽。
② 卢卡斯(E. V. Lucas, 1868—1938),英国作家。
③ 亨德森(A. Henderson, 1863—1935),英国政治家,工会领袖;麦克唐纳(R. Macdonald, 1866—1937),英国政治家,费边社成员,工党领袖。
④ 英国一所著名的男生寄宿制贵族学校,创立于1571年。

## 四十二　小城风景

我不是一个勤奋的观光者，无论职业导游还是陪伴的友人，当劝说我游览某处名胜时，我总是固执地想要打发他们去忙他们自己的事。在我之前，不知有多少双眼睛敬畏地凝望过勃朗峰①，不知有多少颗心在西斯廷圣母②前激动得直跳。这样的景点犹如太富于同情心的女人，你觉得如此多的男子因她们的怜悯而得到了安慰，当她们老练而又得体地邀请你向她们谨慎的耳朵吐露你全部的不幸故事时，你会感到窘迫不安。设想你就是那压垮骆驼的最后一根稻草！不，夫人，我会将我的烦恼（如果我不能独自承受，那更好）交付给不完全是这类满口大道理来劝慰我的某个人。当我在国外的一个小城，我更喜欢随意溜达，即便可能失去参观一座哥特式大教堂的欣喜，但可能会意外发现一座罗马式小教堂或一个文艺复兴时期的门廊，我可以自鸣得意，没有别的人会费心来这里。

这确实是一处非常独特的景观，错过的话就很愚蠢了。我碰上它纯粹是偶然。我正沿着城墙外一条满是灰土的路闲逛，这时我看见路旁有一些古代牌坊。它们不大，没有装饰，不是横跨在路上，而是一个接一个竖立在路边。有时一个在另一个前面，好像它们不是出于对死者的感激或对贤者的仰慕而建立的，而是表示官方的敬意，如同国王生日给外省小城的杰出市民授予爵士称号一样。在这一排牌坊后面，地面突然升高，因为在这个地区，中国人喜欢将死人埋在山坡上，所以这一边的山坡上盖满了坟茔。一条踩出来的小路通向一座小塔,我沿路走上去。这是一座树桩形状的小塔,约莫十英尺高,由粗糙的石块砌成;上面呈锥形,塔顶像小丑戴的高帽。塔站立在小丘上,姿态别致,衬着蓝天和坡上的荒冢,倒也构成一幅独特的画面。在塔脚下有一些简陋的篮子,杂乱地扔在那儿。我绕着小塔走了一圈,在塔的一边看见一个长方形的洞,约莫十八英寸高八英寸宽,洞口拉着根粗绳。洞里飘出一股令人作呕的怪味。我突然明白这座奇怪的小塔是什么了。这是一座婴儿塔。那些篮子是装婴儿来的,其中两三只还相当新,放在这儿可能还不到几个小时。而那绳子呢?哦,你设想那些把婴儿带到这儿来的人,母亲或奶奶,接生婆或热心的朋友,他们也都有着人的情感,不忍心将新生儿丢到塔底(在塔的下面有个深坑),就用绳子慢慢放下去。怪味就是腐烂发出的臭味。这时,一个活泼的小男孩向我走来,他让我明白了这天上午有四个婴儿被送到了小塔。



有些哲学家,他们带着某种自以为是的态度看待罪恶,他们认为,要是没有罪恶,也就没有善良的可能性。没有匮乏,也就没有施舍的机会,没有痛苦就没有怜悯,没有危险就没有勇敢,没有不幸就没有顺从。现在,他们可以在中国的杀害婴儿的行为中找到对他们的观点的恰当的证明了。要不是这座婴儿塔,这个城市就不会有一家孤儿院,旅行者也就会错过一处有趣和奇特的景点,一些贫穷的女人也就没有机会来实行一种美丽和动人的德行。孤儿院破旧失修、污水横流,它位于城市的贫民区;因为管理孤儿院的西班牙修



① 欧洲阿尔卑斯山脉的最高峰。
② 意大利画家拉斐尔画的圣母像,存于罗马西斯廷教堂。

女——只有五个——认为，将孤儿院建在最需要她们的地方，工作起来也更方便。再说，她们也没有钱在一个更适宜的地段盖宽敞明亮的房子。孤儿院靠她们教女孩做一些织花边、绣花的手工活和信徒的施舍来维持。

女修道院院长和另一位修女带我看了一些可看的地方。这很奇怪，当走过刷白的、低矮、阴冷和空荡的房间、工作间、游戏室、寝室和餐厅，你恍然如同身处西班牙，经过一扇窗户时，你差不多希望能瞥见塞维利亚的吉拉尔达钟楼。看到修女们温柔地对待孩子是很感人的。这儿有两百个孩子，自然他们都是孤儿，因为他们被父母抛弃了。有一个房间，一群孩子在游戏，都是差不多的年龄，也许四岁吧，个子也一般大小；他们都有着黑眼睛黑头发和黄皮肤，看起来是如此相像，仿佛他们全都是住在鞋子屋的一个中国老婆婆的孩子①。他们围着修女开始玩游戏。修道院院长有着我听过的最温柔的声音，但在她和一群小家伙嬉戏时，她的声音变得更柔和了。他们偎依在她身边，这看上去犹如一幅慈善图。孩子们有的长得畸形，有的害着病，有的瘦弱和丑陋，还有的双目失明，这使我心中有些发颤。当我看到她慈祥的眼中充满爱意，她的笑容洋溢着甜美的温情时，我又不免感到惊奇。

随后，我被引到一间会客室，品尝了一种西班牙小甜饼，喝了一杯西班牙雪利酒。当我告诉她们我曾在塞维利亚住过时，她们叫来了另一个修女，以便让她和一个去过她家乡的人叙谈几句。她们颇为骄傲地带我参观了她们简陋的小礼拜堂，看华丽的圣母像、纸花

① 西方流行的一则童谣，说一个老婆婆住在一间鞋子屋里，她有很多的孩子。

和礼拜堂俗气、粗糙的装饰。这些可爱和虔诚的心灵,哎,却被奇异而糟糕的艺术趣味占有了。我并不太在意,对我来说,在那可怕的鄙俗中还是有着某种令人怦然心动的东西。在我要告辞的时候,修道院院长问我是否费心看一下那天送来的几个婴儿。为了劝说人们把婴儿送来,每一个婴儿她们给两毛钱。两毛钱!

"你知道,"她解释道,"他们通常要走很远的路来这儿,除非给他们一些钱,否则他们才不会费这个事呢。"

她带我走进靠大门的一间小接待室,那儿的一张桌子上躺着四个新生儿,身上盖着一条床单。他们刚被洗过,裹在肥大的衣服里。床单掀开来,他们并排朝上躺着,四个扭动的小不点儿,脸红喷喷的,一副生气的样子,或许是因为刚洗过,也非常饥饿。他们的眼睛似乎特别大。他们这么小、这么无助:当你看他们的时候,你勉强笑着,但同时你觉得喉咙里一阵哽咽。

# 四十三　黄　昏

傍晚将至,厌倦了步行,你坐进轿子,翻过山顶的时候,经过了一座石门。你不知道在这远离城镇的荒凉地方为何会有一座石门,但一处断墙残垣让你觉得这或许是某个远古王朝用作防御的要塞的遗址。当你穿过石门,你可以看见山脚下菱形的水田闪闪发光,就像是某部中国版《艾丽丝漫游奇境记》中的棋盘,在那之后是绿树成荫的圆形小丘。沿着连接城镇的狭窄行道拾级而下,在夜色四合中,你穿过一片矮小的树林,晚风送来了林地清凉的气息。突然之间,脚夫们缓慢行进的脚步声,他们换个肩膀抬轿子时发出的尖锐喊声,他们用以打发单调行程的无休止的闲聊和不时响起的歌声,这一切都离你远去了,因为这林地的气息与你经过布莱恩森林时闻到的肯特郡肥沃的泥土芳香是如此的相似,这一瞬间你的心中已充满了乡愁。你的思绪远离了此时此地,在时空中遨游,你回忆起那逝去的青年时代,那时的美好憧憬、炽热爱情和宏伟抱负。如果你是一个人们所说的愤世嫉俗者,一个感伤主义者,你的眼泪将情不自禁地涌出眼眶。而当你收拾好心情恢复自我时,夜幕已经落下了。

# 四十四　正常的人

我曾经不得不学习解剖学，这是一门特没劲的课程，因为你得背一大堆东西，既枯燥乏味又不可理喻，但老师在帮我解剖一条腿时说的一句话却让我记忆犹新。当时我正徒劳地寻找某一根神经，老师以他高超的技术在一处我没想到的地方找到了它。我感到恼火，因为教科书误导了我。他笑着说：

“你得明白，正常的事情也是世界上最稀有的事情。”

虽然他说的是解剖，但同样说出了人性的真理。这句随口之言给我留下极深的印象，而许多金玉良言则不过如此，那时以来很多年过去了，我对人性更多的了解，只是进一步使我确信这句话的真理性。我遇到过成千上百似乎完全合乎标准的人，然而我发现，他们当下的某一特性如此显著，以至几乎可以认为是独一无二的。在种种最平常的外表下找出人的隐藏着的奇特之处，这让我得到了不小的乐趣。我时常惊奇地在一些人身上发现他们可怕的堕落，而这些人你可以说是完全普普通通的人。最后，我寻找正常的人就如同寻求一幅艺术珍品。这样，对他的了解所能给我的那种特别的满足，我想只能称之为审美愉悦。

我还真以为在罗伯特·韦布身上发现了他。他是一个较小口岸的领事，我受托带一封信给他。我在中国旅行时听说过许多有关他的事，可听到的都是说他的好。当我偶然提及我打算去他供职的那个港口，有人肯定地说：

“你会喜欢鲍勃·韦布的。他是个了不得的好家伙。”

他在官场内外都有很好的人缘。他设法取悦商人,因为他关心他们的利益;他也不得罪中国人或传教士,前者称道他的坚定,后者肯定他的私生活。在革命期间,因了他的老练、果断和勇气,他不仅冒大险救助了那个城市的外国侨民,也保全了许多中国人。他主动为交战双方充当调停人,凭借他的足智多谋总能促成一个满意的和解方案。他已经准备好升迁。我自然觉得他是一个非常可爱的人。虽然他长得不是很好看,但他的外貌也还可喜。他个子较高,或许比常人高出一些。他保养得不错,还没有发胖,红润的脸面如今(因为他近五十了)在早晨时多少有些肿胀。这不奇怪,因为在中国,外国人既吃得太多也喝得过量,而罗伯特·韦布对生活中的好东西来者不拒。他总是备着好酒。他喜欢请人吃饭,你很少见他不是和一两个朋友共进午餐或晚餐。他的眼睛蓝蓝的,非常友善。他不乏讨人喜欢的社交才艺:他钢琴弹得相当好,但他喜欢的是别人所喜欢的音乐,如果朋友想要跳舞,他总是准备好弹一支单步舞曲或华尔兹。他在英国有妻子和一双儿女,这样他不能再养着骏马,但他对赛马着迷;他也是一个网球高手,他的桥牌打得比常人好。跟他的许多同事不一样,他不会让自己的职位决定一切,晚上他在俱乐部表现得和蔼真诚。但他不会忘记自己是英国国王陛下的领事,我赞赏他有这样的本事:既能保持在他看来其地位所必需的尊严而又不显得妄自尊大。总之他有很好的风度。他谈吐雅致,他的趣味虽说一般但很广泛。他有很好的幽默感。他能说一个风趣的笑话,也能绘声绘色讲一个故事。他的婚姻非常美满。他的儿子在恰特豪斯公学读书,他给我看一张照片,那是一个高个、清秀的小伙子,穿着法兰绒衣服，有一张坦诚可爱的脸。他还给我看了他女儿的照片。这是在中国任职的一个悲剧；他必须与家人长期分离，因为战争的缘故，罗伯特·韦布已经有八年没见到妻子儿女了。他妻子带孩子们回国时他儿子八岁女儿十一岁。当时他们曾考虑等他有休假时全家一起走，但他供职的那个地方对他们的哪个孩子也不合适，最后他们同意她带孩子马上回国。他的休假要到三年以后，那时他可以有一年时间和家人在一起。但当他可以休假时，战争爆发了，领事馆人手不够，他不可能离开他的岗位。他的妻子则不愿意放下年少的孩子，旅途又很艰难危险，也没有人会想到战争拖这么久，这样，一年一年很快过去了。

"我上次见到女儿时，她还是个孩子。"他给我看他女儿的照片时说。"现在她已经是个结了婚的女人了。"



"你什么时候休假？"我问他。

"哦，我妻子现在正要过来。"

"但你不想去探望女儿吗？"我问。

他又看一看女儿的照片，随之看着别处。他脸上有一种奇怪的表情，我想是一种倔强的表情，他回答说。

"我已经离开家太久了，我不想再回去。"

我背靠在椅子上，抽我的烟斗。照片上是一个十九岁的女孩，蓝色的大眼睛，卷起的头发；这是一张俊俏的脸，开朗而又友善，但最引人注目的是有一种特别迷人的表情。罗伯特·韦布的女儿是一个非常有魅力的姑娘。我喜欢那种有吸引力的奔放。

"当她让人送来这张照片时，我真是有些吃惊。"他此刻说。"我总认为她是个孩子。如果我在街上碰到她，我会认不出她了。"

他笑笑,但不太自然。

"这不公平……当她是个孩子时,她总是乐于被宠爱的。"

他眼睛盯着照片。我似乎看见他眼中有一股汹涌而来的激情。

"我差点没认出她是我的女儿。我想她会和她母亲一起来,而她写信来说她已经订婚了。"

他又看着别处,我想他下沉的嘴角似在诉说一份难堪的困窘。

"我猜想一个人到这儿就变得自私了,我感到很痛苦,但在她结婚的那天,我举办了一个盛大的宴会,请了这儿所有的人,我们都喝得昏天黑地。"

他不好意思地笑了笑。

"我是,你知道,"他尴尬地说,"我是多么地伤心。"

"那小伙子怎么样?"我问。

"她爱他爱得要命。她写信给我,但在信中别的什么也不说。"他声音中有一种奇特的颤抖。"把一个孩子带到这个世界上来,教育她,爱她,以及所有诸如此类的事情,只是为一个你从未见过的人,这太过分了。我从别处弄到了他的照片,我不知道放哪儿了。他的事我也并不太在意。"

他又喝了杯威士忌。他有些疲惫,看上去显得苍老和浮肿。他长时间没说话,随后突然间他似乎振作起来。

"好吧,感谢上帝,她母亲很快就要来了。"

说到底,我不认为他就是一个十分正常的人。

# 四十五　老　人

他已经七十六岁了。他刚成年的时候在一艘帆船上当二副来到中国，从此就没有回去过。自那以后他做过很多活计，他长年开一条中国船来往于上海和宜昌，熟悉这条凶险的大江的每一寸航道。他在香港做过拖船的船长，也曾加入“常胜军”①打仗。在镇压义和团时他大捞了一把，而辛亥革命中北伐军攻打汉口时，他就在城里。他结过三次婚，第一次娶了个日本女人，第二次结婚太太是个中国人，最后当他快五十的时候，他又娶了一个英国女人。这三位太太如今都已过世，而他一直念念不忘的还是那个日本女人。他会告诉你她是怎样在他们上海的家中摆弄花卉的，一只花瓶里只插上一朵菊花或是一枝含苞欲放的樱花。他还记得她是如何十指纤纤优雅地捧起茶杯。他膝下有不少儿女，但对他们都没什么感情，他们定居在中国的各个港口城市，在洋行或者航运公司工作，他很少去看他们。他仅有的女儿是英国妻子生的，他为她感到骄傲，她婚后生活美满，回了英国，他以后再也见不到她了。他现在唯一还有些感情的是一个伺候了他四十五年的仆人，他是一个干瘦的华人小老头，已经六十多岁，头发谢了，动作慢了，还总板着脸，他俩不停地吵嘴。老人总是说仆人已经干不动了，要解雇他，而仆人也总说他已经厌倦了侍侯一个疯癫的洋鬼子。但他们都知道对方是说着玩的，他们是老交情了，都已风烛残年，怕是只有死亡才能把他们俩分开。

当他娶英国妻子的时候就从船上退休了,他把所有的积蓄用来投资一家旅馆,可是生意失败了。那是一个离上海不远的避暑胜地,当时中国还没有汽车。他好交际,常常泡在酒吧里。他慷慨好客,免费招待的饮料与客人付钱的一样多。他还有个怪毛病,喜欢在洗澡的时候吐痰,这也赶走了不少敏感的来客。当他的最后一位太太去世时,他才发现是她在努力维持生计,很快他就陷入了困境。他的全部积蓄都花在这处房产上了,无奈只好用房子作抵押,以弥补年复一年造成的亏空。他被迫把房产卖给了一个日本人,在他六十八岁那年还清欠债时已身无分文了。但是,感谢上帝,先生,他是一个水手。长江上一家轮船公司给了他一个船务长的职位(他没有船长的执照),于是他又回到他的老本行去了。这样,他一干又是八年。



现在他就站在那艘漂亮小船的驾驶台前,那船还不及泰晤士河上的一条小汽船大,他风度翩翩地站着,笔直,瘦削,就像他年轻时那样,穿着整洁的蓝色制服,一头白发上随意戴着公司的帽子,山羊胡子也修得很整齐。七十六岁,真是一大把年纪了,他昂着头,手上拿着望远镜,旁边站着中国船员,他望着那浩荡而又曲折的江面。一队船尾高翘的帆船扯着横帆,正沿江顺流而下,船工们一边划着吱嘎作响的桨一边喊着单调的号子。黄色的江水在落日余晖中显出一种迷人的淡淡的色彩,江面水平如镜,平坦的河岸上是成荫的绿树和灰瓦白墙的村庄,在暑热的白天还烟雾缭绕,现在则像是皮影戏中的形象,在灰色的天幕下形成鲜明的剪影。他听见大雁的鸣

① 清政府在镇压太平天国起义中勾结外国侵华势力组织的一支武装。

叫，抬头望去，它们排成一个大大的“V”字形，高高地从他头上飞过，飞向他不知道的远方。在背着日光的远处，兀立着一座小山，山顶上是一座寺庙。因为这一切他都已眼熟，所以对他的影响也就有些奇妙。这即将逝去的一天不知为什么勾起了他对悠悠往事的回忆和对年岁已大的感慨，但他觉得没什么可后悔的。

他喃喃自语道：“确实，我的日子过得还不错啊！”

# 四十六　原　野

那不过是件微不足道的事情,也很容易解释,但令我惊讶的是,心灵的眼睛会使我完全盲目,以至对感官的眼睛所目睹的东西反倒视而不见。一个人竟能完全被联想的法则所摆布,这让我自己很吃惊。我多日在山路上行走,这一天肯定能到达大平原了,那里有座古城,是我一直心驰神往的,但当我一早起程的时候,我还看不出离它已不远了。的确,山还是那样陡峭,而当我爬上一座山头,想俯瞰下面的山谷时,我的眼前只有一座更陡也更高的山岭。我坚定地往上爬,也看见远处自己一路走过的那条白晃晃的山道,蜿蜒盘旋于黄褐色的崎岖的岩石峭壁间,在阳光下闪闪发光。天空蔚蓝,西边飘浮着几朵白云,就像傍晚时分离开邓杰内斯渔场的渔船。我沿山路不停地爬着,期待着前方柳暗花明,如果不是在这个弯道,那或许会是下一个,而最后,当我正浮想联翩时,眼前豁然开朗。但那不是我所见的中国的景致:稻田、纪念先祖的牌坊、各式各样的庙宇,竹林深处的农家和路边的小客栈——榕树下或许有几个苦力正放下担子休息;那是莱茵河的河谷,落日的余晖将广阔的原野染得金灿灿的,莱茵河如一道银色的带子从谷间流过,远处沃尔姆斯①的几座塔尖依稀可见;这景色曾让年轻时的我心旷神怡,那时我正在海德堡②读书,一次沿着古城外冷杉覆盖的山丘走了许久,突然来到一处林间空地,眼前正是莱茵河的美景。在那儿我第一次懂得了欣赏美,第一次如饥似渴地追求知识(我读的每一本书都像是一次非凡的冒险),第一次从谈话中得到乐趣(啊,这些看似普通的事,在每个年轻人第一次体会时,他们都像是发现了奇妙的未知宝藏一般);在那个城市里,我晨起会在阳光灿烂的安拉吉大道漫步,走累了,一杯咖啡加几块糕点就可以让我恢复青春活力,闲暇的傍晚,我常站在城堡的平台上,下面的老城区蓝色的烟雾从古旧的屋宇间袅袅升起;那儿有歌德、海涅、贝多芬、瓦格纳,当然还有施特劳斯的圆舞曲,还有露天啤酒店,那儿的乐队奏着乐曲,扎着黄辫子的姑娘们安静地来来往往;因了这一切——回忆中充满了感官的魅力——对我而言,“原野”这个词不只是意味着任何一处平原,而是专指莱茵河谷;然而,对我所理解的幸福来说,其唯一标志是一种壮阔的景色:落日下金黄的大地,银光闪闪的河流流淌其间,就像一条生命之路,又像是引导你穿越大地的理想,而在远方,古城的一座座灰色塔尖指向蓝天。



① 德国西部城市。
② 德国西南部城市,有著名的海德堡大学。

## 四十七　失败者

他身材矮小壮实，戴了一顶林中流浪汉那样的奇怪的宽边帽子，穿着一件像里奇①的画中水手穿的那种呢子短大衣，和一条款式不知过时了多少年的肥大的格子裤。当他摘下帽子，你可以看见一头漂亮的长鬈发，虽年近花甲，头发却很少斑白。他五官端正，穿的衬衣领子大了好多，让他塑像般的大脖子完全露了出来。他长得像六十年代悲剧中的罗马皇帝，而他低沉的嗓音使他更像一个老派的演员。他树墩般的体形看上去有些滑稽，你可以想象他用那种足以让全场听众狂乱的声音朗诵谢立丹·诺尔斯②的无韵诗。而当他用一个十足夸张的姿态向你问好时，你不禁设想他若是出现在1860年的舞台上，用那洪亮的嗓音颤抖着哀悼一位王子的去世，那一定能让你觉得揪心。而过后，你就可以听到他出色的表演了，他冲着他的中国仆人喊："我的靴子，小鬼，我的靴子，我用一个王国来换我的靴子。"③他承认他应该去演戏。

"生存还是毁灭，这是一个值得考虑的问题，然而我的家庭，我的家庭，亲爱的孩子，他们会受辱而死，那样我将承受命运的暴虐的毒箭。"④

长话短说，他是作为一个品茶专家来中国的，但他来的时候锡兰茶已经取代了中国茶，这样就很难在短短几年之内靠这一行发财致富。但虽然收入少了，他仍保持着过去那种铺张和奢华的生活，以至生活日渐艰难。最后中日甲午战争爆发，中国战败，台湾被割让，于是一切都毁了。品茶专家只得另谋生计，他当过酒商、承包商、房地产代理人、经纪人和拍卖商。他天马行空的脑子里想出的所有赚钱的法子都试过了，但随着港口日渐衰落，他的所有努力付之东流。在饱尝了人生百味之后，他终于有了一个破产者的可怜相，甚至带着一丝感伤，就像一个不愿承认自己已人老珠黄的女子，还乞求得到连自己都无法相信的赞美。尽管沦落到这般田地，他仍有几分慰藉：他有一份数量可观的保险。他是个失败者，他自己也很明白，但这并未使他灰心丧气，因为他自认只是输给了命运，他心里从未对自己的能力产生过一丝怀疑。



① 里奇(J. Leech, 1817—1864)，英国插图画家。
② 诺尔斯(J. S. Knowles, 1784—1862)，英国剧作家。
③ 戏拟莎士比亚《理查三世》中的著名台词。
④ 戏拟哈姆雷特的著名独白。

# 四十八　戏剧学者①

他送来一张光滑的名片,形状和大小都合乎常规,四边是粗粗的黑框,姓名下面写着:现代比较文学教授。他原来是一位年轻人,瘦小,有一双纤细的手,一个比普通中国人要大的鼻子,戴着一副金边眼镜。虽然这是一个暖和的日子,他却穿着一套厚实的花呢西装。他显得有些腼腆。他说话的声音又高又尖,好像从来没有变过声,那些刺耳的声音给他的话语带来一种我也说不清的不真实的感觉。他在日内瓦以及巴黎、柏林和维也纳读过书,他能流利地用英语、法语和德语来交谈。



原来他是个戏剧教师,最近用法语写了一本论中国戏剧的书。他在国外的学习留给他的是一种对斯克里布②的极大的热情,他认为斯克里布可以作为中国戏剧革新的榜样。听他说到戏剧应该激动人心时,你不免感到奇怪。其实,他是要求出色的剧本、精彩的场面、合理的分幕、情节的突兀和戏剧性。中国戏剧有其精妙的象征性,正是我们孜孜以求的观念戏剧;而显然,它也因其沉闷单调渐渐失去生命力。的确,观念不会生长在每一丛醋栗上,它们需要更新以永葆其芬芳,当它们停滞而变得陈腐时,就会像死鱼一般腐烂发臭。

这时,我想起名片上的头衔,便问我的朋友,他向学生推荐读什么书,英语和法语的,以便让他们熟悉当今的文学潮流。他迟疑了片刻。

"我真的说不上来。"他最后说。"你知道,那不是我的专业,我只研究戏剧;但要是你有兴趣,我可以请我的同事来拜访你,他教欧洲小说。"

"那就不麻烦了。"我说。

"你读过《梅毒患者》③吗?"他问。"我认为这是斯克里布之后欧洲最好的剧本。"

"你读过吗?"我礼貌地问。

"读过,你知道我们的学生对社会问题很感兴趣。"

不幸的是我对此并无兴趣,于是我尽可能灵活地将话题引向中国哲学,在这方面我倒是杂乱地读了一些。我提到庄子。这位教授张口结舌。



"他生活在很久以前。"他茫然不知所措地说。

"亚里士多德也生活在很久以前。"我低声和悦地说。

"我从来没有研究过那些哲学家,"他说,"但自然,我们大学有一位中国哲学教授,要是你感兴趣,我可以请他来拜访你。"

和一位教师争辩是无益的,如同海之神灵(在我想来有些自命不凡)对河之神灵谈论一样,于是我顺从地讨论起戏剧来。这位教授感兴趣的是戏剧技巧,他正准备以此为题做一次讲座,他似乎认为这一主题既复杂又深奥。他想恭维我,便问我技巧的奥秘是什么。

"我只知道两点。"我回答说。"一是符合常识,二是紧扣

① 有人认为文中所说"戏剧学者"是我国现代戏剧家宋春舫(1892—1938)。
② 斯克里布(E. Scribe, 1791—1861),法国剧作家。
③ 法国剧作家白里欧(E. Brieux, 1858—1932)写于1901年的一部作品。

要点。”

“写一部剧本就不需要别的什么了吗?”他带着一丝沮丧的语气问道。

“你要有某种诀窍,”我顺着他说,“但这并不比打台球需要更多的技巧。”

“在美国所有重要的大学里,教师们都在讲戏剧技巧。”他说。

“美国人是一个极其讲求实际的民族。”我回答。“我相信哈佛大学正在设立一个讲座,指导老奶奶们怎样吸吮鸡蛋。”

“我不太明白你的意思。”

“如果你写不出一个剧本,那就没有人能教你怎样写,而如果你能写出一个剧本,这就像滚一根圆木那么容易。”

此时他脸上现出一种茫然不解的神情,但我想,这只是因为他拿不定主意,滚圆木这种活动应在物理学教授的范围之内还是在应用机械教授的范围之内。

“但要是写剧本如此容易,那为什么剧作家要花这么长时间才能写出一部剧本来呢?”

“他们写不出来,你知道。洛卜·德·维加①和莎士比亚以及其他众多的剧作家轻松自如地写了大量的剧本。一些现代的剧本写作者压根儿是文盲,对他们来说,将两个句子放到一起就几乎是克服不了的困难。有一次,一个著名的英国剧作家给我看一份手稿,我看到他写一个句子‘你茶里要放糖吗?’,连着写了五遍才写成这个样子。一个小说家要是大体上除了绕圈子就说不出他要说

① 维加(Lop de la Vega, 1562—1635),西班牙剧作家,据说一生写有剧本一千八百部。

的话，那他就会饿死。”

“您不能说易卜生①是个文盲，而众所周知，他写一个剧本花了两年时间。”

“显然，易卜生构思情节时遇到了巨大的困难，他苦思冥想，月复一月，最后他绝望了，无奈只好用他以前用过的同样的情节。”

“你这是什么意思？”教授大声说，他的声音提高到一种尖声喊叫的程度。“你说的我根本不懂。”

“你没有注意到易卜生一而再再而三地用同样的情节吗？一群人待在一间封闭、令人窒息的房间里，随后有一个人（从山上或海上）来了，他猛地把窗户打开；每个人都清醒过来，于是戏结束了。”

我这么一说，似乎看到教授严肃的脸上一时露出淡淡的笑容，但他皱起眉头，望着空中呆了两分钟。随后他站起身。



“我会记往你的观点，把亨利克·易卜生的作品再细读一遍。”他说。

在他走之前，我没有忘记向他提一个问题，而这是两个研究戏剧的人一旦碰到，其中那个认真的学者总是会对另一个学者提出的问题。我问他，他认为戏剧的未来是什么。我想他是说，“哦，见鬼！”但考虑一下，我又相信他必定喊着“啊，天哪！”他叹了口气，摇摇头，又举起他那优美的双手：一副万分沮丧的模样！我发现所有有思想的人考虑中国戏剧现状时的绝望，丝毫不亚于所有有思想的人考虑英国戏剧现状时的绝望，这确实是一个安慰。



① 易卜生（H. Ibsen，1828—1906），挪威著名剧作家。

# 四十九　大　班

没有人比他更清楚：他是一个重要人物。他是中国最重要的英国公司中并非最不重要的分公司的一号人物。他凭借坚实的能力逐步拓展自己的事业，现在他可以微笑着回首三十年前来中国的那个乳臭未干的小办事员。他想起出国前他那个朴素的家，一排小红房子中的一所小红房子，那是在巴恩斯的一个郊区，那里的人徒劳地向往着上流社会，得到的只是一种可怜的忧伤；再比比现在这座气派的石砌大厦，大阳台和宽敞的房间，这里原先是公司办公的地方，现在是他的住宅，想到这些，他不禁满意地笑出声来。在此之前，他可是走过了一条很长的路。他想起放学回家（他在圣·保罗学校读书），他坐下来和父母及两个姐妹用茶点，一薄片冻肉、一大块抹了黄油的面包和加了很多牛奶的茶；每个人自己用餐，而再想想现在他用晚餐的情景。他总是穿上礼服，无论是否单独吃饭都会有三个人在旁侍候。他的大管家确切地知道他喜欢什么，他自己从不为家务一类的琐事烦神；但他总是备有一套正餐：汤、鱼、头道菜、烤肉、甜点和餐末开胃菜，这样，即使他最后一刻请人来吃饭，他也拿得出全套菜肴。他喜欢美食，他不明白为什么他一个人用餐就应该比他请人来吃饭菜肴要差一些。

他确实成功了。那就是为什么他现在不怎么考虑回国，他有十年没回英国了，他到日本和温哥华休假，他肯定能在那儿遇到来自中国口岸的老朋友。他在国内没有熟人。他的姐妹都嫁了同一个阶层的人，她们的丈夫是职员，她们的儿子也会是职员；在他和她们之间没有共同之处；她们讨厌他。每个圣诞节，他送她们一段漂亮的丝绸、一块精美的刺绣品或一盒茶叶，他对由此而使关系得以保持感到满意。他不是一个小气的人，只要他的母亲活着，他就给她一份津贴养老。然而当他也到退休的时候，他并不打算回英国，他看到太多的人告老还乡，而他知道这多半是个失败；他想在上海跑马场附近买一幢房子：玩玩桥牌、骑骑马和打打高尔夫球，他期望这样舒舒服服地安度晚年。但需要考虑退休之前他还有一大把好日子呢。五六年后，希金斯就要回国，那时他就会接手上海总部的职位。同时，他也很高兴能在此地攒些钱，而在上海就难于做到，此外这儿生活也过得快乐。这个地方还有另一个上海所不及的优点：他是当地侨界中最有名望的人，他说啥都管用。甚至于领事都小心地站在他这一边。有一次，一位领事和他发生争执，败北的并不是他。大班想起这桩往事，不禁好斗地翘了翘下巴。



但他笑了，因为他现在处在一种极为舒畅的心情中。他参加了汇丰银行重要的午餐会，正走回他的办公室去。他们对你非常友好。菜肴是一流的，酒也丰盛。他先喝了一杯威士忌，随后喝了些优质的苏特恩白葡萄酒，最后还喝了两杯红酒和少许上好的陈年白兰地。他感觉良好。他离开时，他做了件在他是难得的事：他走着回去。他的轿夫抬着轿子隔几步跟在后面，以防他脚步不稳时好坐进去，但他要享受伸展双腿的乐趣。这些日子他锻炼不够。由于他身体超重不宜骑马，这便难于得到锻炼。但即使因体重不能骑马，他仍然养着几匹马，当他在这温馨的空气中溜达时，他想起了春天的赛马会。他有一对寄予厚望的快马，他办公室的一个小伙子原先就是出色的骑师(他必须小心别让他们把他挖走,上海的老希金斯愿意出大价钱把他弄过去),他应该能赢上两三场比赛。他自认为有着城里最好的马厩。想到这里,他像一只鸽子那样鼓了鼓宽阔的胸脯。这是一个美丽的日子,活着也是十分美好啊。

他来到公墓时停住了脚步。它坐落在那儿,干净而整洁,仿佛是侨界兴旺的明显的标志。他每次从公墓经过都会有几分骄傲。他为自己是一个英国人而高兴。因为公墓所处的这块地方,当初选址的时候,它毫无价值,而随着城市的越来越繁荣,如今它值一大笔钱了。有人提议将公墓迁到别处,这块地卖给房产公司,但从情感上考虑,侨界反对这么做。大班想到他们的故人安息在城里的黄金地段就感到十分满意。这表明他们有比金钱更看重的东西。金钱被打败了！这就是所谓"事情该是怎样就怎样"(这是大班的口头禅),是的,人该记得:金钱不是万能的。

此刻他想应该进去走走。他看了看墓地。墓地打扫得很干净,小路上连根杂草都没有。看去一派富足的景象。他一边随意走着,一边浏览墓碑上的那些名字。这块墓碑上并排写着三个人的名字,是三桅帆船"玛丽·巴克斯特"号的船长、大副和二副,他们在1908年的台风中一并遇难。这事故他还清楚地记得。那块墓碑上有一组人名,包括两个传教士,他们的妻子和孩子,他们是在义和团骚乱中被杀害的。真是骇人听闻的事情！倒不是他特别看重传教士,而是,该死,可不能容忍这些该死的中国人来屠杀他们呀。随后他来到一个十字架前,上面写着他熟悉的一个名字。好伙计,爱德华·米洛克,他嗜酒如命,最后把自己喝死了,可怜的家伙,才二十五岁。大班知道许多人都这样,那里还有好几个更简单的十字架,上面写着姓名和年龄，二十五、二十六或二十七，他们的故事如出一辙：出门来到中国，此前从未见过这么多的钱，都是好小伙子，想和其他人喝喝酒，一喝就挡不住，最后喝到墓地里来了。在中国的口岸城市，你得有好酒量和好体魄才能对付得了为喝酒而喝酒。自然这很悲哀，但大班想到他认识的小伙子中有这么多家伙喝到地下去了，他还是忍不住笑了。另一块墓碑写着的是他的一个同行，比他年长些，也是个聪明的家伙，此人的死有些深意：要是这个家伙还活着，那么他现在就不会是大班了。命运之路真是不可知啊。呃，这儿是特纳女士，维尔莱特·特纳，她是个可爱的小妇人，曾与他有过一段私情；她的去世令他伤心不已。他看了一下墓碑上她的年龄，要是她现在活着，就不再是没有经验的小丫头了。当他想起所有那些死去的人，他感到了全身心的满足。他把他们都打败了。他们死去了，他还活着，的确，他占了他们的上风。他的眼睛扫过所有这些紧挨着的坟墓，他轻蔑地笑了，几乎就要搓起手来。

“没有人会认为我是个傻瓜，”他咕哝道。

他对失去说话能力的死者怀有一种善意的轻蔑。他信步走去，这时突然见到两个苦力在挖一个墓。他吃了一惊，因为近来没有听说侨界有人死去。

“这坟是给谁挖的?”他大声问。

两个苦力甚至都没有瞧他，他们站在很深的坑里继续挖着，把大块的泥土抛出来。虽然他在中国多年，但他不懂中文，他年轻时并不认为有必要学这种该死的语言，他用英语问苦力他们在挖谁的墓。他们听不懂。他们用中文回答他，他骂他们是无知的傻瓜。他知道布卢姆太太的孩子病了，也许孩子死了，但他肯定会听说的呀，另外,那也不像是一个小孩子的墓,这是一个成人的,还是一个大男人的墓。这真不可思议。他希望他没有走进这个墓地来;他赶紧出去,快步上了轿子。他的好心情无影无踪,脸上布满了阴云。他一回到办公室就大声问他的副手:

"我说,彼德,谁死了,你知道吗?"

但彼德一无所知。大班困惑不解。他叫来一个本地职员,打发他去墓地问那两个苦力。他开始处理公务。职员回来说苦力走掉了,也没有问到别的人。大班莫名地生起气来。他不喜欢有事情发生而他蒙在鼓里。他自己的听差应该知道,他的听差总是什么都知道,他派人去找他,但那听差没听说侨界的什么人死了。

"我也知道没有人死。"大班恼火地说。"但挖那坟墓干什么呢?"



他叫听差去找公墓的看门人,问清楚没有人死掉,他挖个该死的坟干什么。

"你走之前我先喝杯苏打威士忌吧,"当听差要离开办公室时他又说了一句。

他不知道为什么见了那新挖的墓会如此地不舒服,但他竭力不去想它。当喝过那杯威士忌,他觉得好受些了,就把手头的事做完。他上楼去并翻起《笨拙》周刊来。几分钟后,他可以去俱乐部,晚餐前玩上一两局纸牌或桥牌。然而听听差说些什么会让他心安的,所以他就等听差回来。过一会儿,听差回来了,还把看门人叫来了。

"你挖坟干什么呢?"他直截了当地问,"没有人死啊。"

"我没挖坟,"那男子说。

"你究竟什么意思?今天下午有两个苦力在挖坟啊。"

那两个中国人彼此看看。接着听差说他们一起去公墓了,那儿没有新的坟墓。

大班只能让自己打住不说话。

“该死的,我亲眼看见了,”这句话已经上了他的舌尖。

但他没有说出口。他压住了不说,脸涨得通红。两个中国人直瞪瞪地看着他。有一阵,他都喘不上气来了。

“好了,出去吧。”他喘着气说。

但他们刚走,他又大声将听差叫来,听差漠然地进了门,他让听差去倒一些威士忌。他用手帕擦擦汗津津的脸。当他举杯喝酒时他的手抖动起来。他们爱怎么说就怎么说,而他看见了那个坟墓。不是吗,他现在还能听见苦力把一大铲泥土扔上来时那沉闷的落地声呢。这又怎么说呢?他觉得心在怦怦直跳,浑身不自在。但他振作起来。这都是胡闹。要是那儿没有坟墓,那必定是一种幻觉了。他现在最好是去俱乐部,说不定碰上医生,就可以让医生给他做个检查。



俱乐部里的每个人看去就跟平常一样。他不知道为什么他期待他们会有所不同。这是一个安慰。这些人,多年来彼此都那么生活着,按部就班,有条不紊,慢慢养成一些小习惯——有一个人打桥牌时不停地哼唱,另一个坚持用麦管喝啤酒——这些怪癖时常令他心烦,而如今却让大班有一种安全感。他需要这种安全感,因为他还无法将他见到的那奇怪的情景从头脑中弄出去;他今天桥牌打得很差,他的搭档又特别挑剔,大班发起火来。他觉得人们都古怪地看着他。他想知道他们在他身上看出什么不同寻常的东西。

他突然感到不能再在俱乐部待下去了。他出去时看到医生正在阅览室读《泰晤士报》，但他缺乏勇气去跟医生说。他要亲自去看看坟墓是否真的在那儿，他坐进轿子让轿夫抬他去公墓。你不会再次产生同一个幻觉，对吧？另外，他要带看门人一起去，如果那坟墓不在那儿，他就看不见它，而如果坟墓在那儿，他就要给看门人他前所未有的一顿痛打。但他哪儿也找不到看门人。他出门去了，还带走了钥匙。大班发现自己进不去公墓时，顿时觉得精疲力竭。他坐回轿子让轿夫送他回家。他晚饭前还能躺上半个时辰。他浑身没劲。那就是事情的症结所在了。他听说人一没劲就会产生幻觉。当侍者进来取出他用餐穿的晚礼服，他只是意志上努力一把才起了床。今晚他很不愿意穿晚礼服，但他还是坚持穿起来，因为在他这已是一个惯例，二十年来他每个晚上都穿晚礼服，这个规矩从来没有打破过。用餐时他要了一瓶香槟酒，这使他感觉舒坦了一些。之后他又让侍者拿来最好的白兰地。喝过两杯后他觉得自己又有了精神。去它的幻觉！他来到弹子房练习了几杆有难度的打法。在他的眼力如此稳当时，他还会有什么了不得的事呢。他一上床很快就进入了深沉的梦乡。

但他突然醒过来。他梦见了那敞开的坟墓，苦力慢悠悠地挖着。他肯定看到他们了。要是他亲眼所见而说是一个幻觉这就很荒诞。这时他听见更夫巡夜的梆子声。刺耳的声音打破了夜的寂静，也令他一阵惊惶。随之恐惧攫住了他。他害怕起中国城市的这些弯曲、拥挤的街道来，觉得中国庙宇重叠繁复的屋顶中阴森可怖，那儿游荡着狰狞和痛苦的鬼魂。他讨厌刺鼻的怪味，也讨厌这儿的人。他讨厌那大群的一身蓝褂子的苦力和衣衫褴褛、脏兮兮的乞丐，也讨厌穿着黑色长衫、圆滑、满脸堆笑但不可捉摸的商人和地方官员。他们似乎都威胁着压过来。他恨中国这个国家。他究竟为什么来这儿呢？他现在极度恐慌。他一定要离开。他不想再待上一年，一个月也不行。他干吗在乎上海呢？

“哦，我的上帝，”他叫道，“要是我能平平安安回英国就好了。”

他想回家去。如果他得死他也要死在英国。他不想和所有这些黄种人埋在一起，他受不了他们歪斜的眼睛和龇牙咧嘴的脸。他想要埋在家乡，不想埋在这天看到的那个坟墓里。他永远不要安息在那儿，永远不要。人们怎么想这有什么关系呢？他们爱怎么想就怎么想好了。唯一重要的是他一有机会就要打道回府。

他下床来，给公司经理写信说他得了重病，必须有人来接替。纵然再走不开他也不想留在这儿了。他得马上回家。



早晨他们发现这封信紧攥在大班手里，他滑落在书桌和椅子之间的地板上。他早已死翘翘了。

# 五十　报　应

他穿得虽算不上阔气，却也十分体面。他头上戴顶黑色丝绒小圆帽，脚穿黑色缎子鞋，他的长袍是用嘉定产的淡绿色的花缎子做的，外面罩了一件黑色短褂。他是一个老人，留着中国式的长长的连鬓白胡子；他慈眉善目，一张国字脸已爬满皱纹，大大的角质眼镜后，露出和蔼的目光。他像是古画中圣人的形象，独坐在一座雄伟的高山脚下的一片竹林中，沉思着亘古不变的天道。但现在他的脸上显出焦虑万分的神态，温和的眼中也流露出不满，这是因为他正手忙脚乱地做一件特别的事情（对于他这样外观的人来说）：牵一头小黑猪从灌满水的稻田间的一条路上通过。这头小黑猪不是躲来躲去，就是四处乱窜，反正不按老先生的想法向前走。他使劲拉着绳子，但小猪崽尖声叫着不肯动弹，不管他对它和颜悦色也好，大声呵斥也好，这头小猪横竖蹲在那里，怨恨的眼睛盯住他。这时我想，在唐朝，这位老先生或许是个哲学家，就像其他哲学家一样，他歪曲事实，使它们屈从自己臆想的理论；而现在，不知多少次轮回之后，他正为曾经触犯天条，肆意玩弄事实而遭到报应呢。

# 五十一　残　片

当你在中国旅行,我想,没有什么比中国人对装饰拥有的热情更使你觉得有趣了。发现牌坊或寺庙上有装饰你不会惊奇,因为这种场合有装饰是理所应当的;你发现家具上有装饰这也自然;你发现寻常百姓的家用器物上也有装饰时,这固然令你一喜,但也不会十分意外。锡镴罐上饰有优美的图案,苦力的饭碗上的花样虽显得粗糙但也好看。你可以想象,中国的工匠并不认为一件材料是完整的,直到他用线条或颜色打破它表面的单调。他甚至会在包装纸上印出阿拉伯风格的图样。但是你不会料到一家店铺的门面上也会有精致的装饰,不会想到会有雕花、镀金或贴金的柜台和精雕细镂的招牌。或许这般铺陈能起到一种广告作用,但店家这么做也是为了让过路人,即可能的顾客看了赏心悦目,而铺子的老板同样怡然自得。他坐在门口,吸着水烟管,透过厚重的角质眼镜念一张报纸,时而他会心情愉悦地将目光落在这奇异的装饰上。柜台上的长颈花瓶里插着一枝石竹。

你在最贫穷的村子里依然会发现人们乐于装饰,那儿,简朴的门上饰有一幅可爱的雕刻,窗户上的花格构成一种复杂而优美的形状。你很少经过一座桥,不管它在多么偏僻的地方,会看不到一个手艺人的匠心独用。石头砌成一种复杂的花饰,好像这些奇异的人独具慧眼,能够判断出一座平直的桥或是一座拱桥与周边风景相得益彰。桥上栏杆饰有狮子或者龙的形象。我记得有一座桥,它建在那儿纯粹是为了美观而不是实用,因为虽然它宽得足够让两匹马拉的四轮车通过,但它只是连接两个破村子之间的一条窄路。离它最近的镇子有三十英里远。宽阔的河道在这里变得狭窄,河水从两座青翠的山间流过,河岸上长满了榛子树。这座桥没有栏杆。它用巨大的花岗岩石板铺成,架在五座桥墩上,中间的桥墩状如一条造型独特的巨龙,有着多鳞的长尾巴。石板的两个外边沿着桥的这一头到另一头,凿成浅浅的一道极为轻淡、精美和雅致的浮雕图案。

但虽然中国人苦心孤诣地使你的双目愉悦,通过与简单外观的对比而形成精美的持久性装饰效果,但最终审美上的疲劳征服了你。雕梁画栋会让人目迷五色。你不免要钦佩他们的别出心裁,觉得从中体现了多样化的观念和丰富的想象,但其实他们的艺术观念是很有限的。中国的手艺人就像一个小提琴手,以变化多端的技巧,可以在一个调子上奏出无穷的变化来。



我正好碰上一个法国医生,他在我刚到的这个城市开业多年了。他是个收藏家,收藏瓷器、青铜器和丝绣。他带我看他的藏品。它们确实漂亮,但稍嫌单调。我随意恭维了几句。突然我看见一尊残缺的半身塑像。

“希腊塑像?”我惊奇地问。

“你这么认为吗?我很高兴听你说这句话。”

头和手臂已经没有了,看得出,塑像恰好在腰上部位断裂了,但还残留一块胸铠,胸铠中间有一个太阳,雕着希腊英雄柏修斯杀死巨龙的图像。这是一个没有多大价值的残件,但它是希腊的,也许我看多了中国珍宝,它倒意外地对我产生了作用。它传达的意味是我所熟悉的。它使我的心灵安详。我欣喜地双手抚摸着这件古老塑像的表面，这种欣喜我自己都有些惊讶。我像一个水手，漂泊在热带海岸，迷恋于珊瑚岛屿的旖旎风光和东方城市的华丽辉煌，但又一次发现自己徘徊在英吉利海峡一个港口的灰暗的小巷。这儿寒冷、阴郁和破败，但这是英格兰。

医生是个有些谢顶的男子，目光炯炯，神色欣然，他擦着手掌。

“你能想到这是在离这儿不到三十英里，靠西藏边界的地方发现的吗？”

“发现！”我叫起来，“在哪儿发现？”

“我的上帝，在地底下！它已经被埋了两千年了。人们发现了这件塑像和其他一些碎片，我想，有一两件完好的塑像，但它们被打破了，就只剩下这个。”



这难以置信，在一个如此偏僻地方会发现希腊塑像。

“但你怎么解释呢？”我问。

“我想这是一件亚历山大的塑像，”他说。

“天哪！”

这够得上是一部惊险小说了。莫非是马其顿的一个将军，远征到了印度，在西藏的雪山脚下寻路进入了这个神秘的中国边陲？医生要给我看满族服饰，但我并没有兴趣。这个跋山涉水来到遥远的东方去发现一个王国的人，该是一个怎样勇敢的探险家啊！在那儿他为爱神建了一座神庙，也为酒神建了一座神庙，剧场里演员们唱着安提戈涅[1]的悲歌，入夜，在王宫大厅里，吟游诗人吟诵着英雄诗



① 古希腊悲剧作家索福克勒斯的经典同名剧作的女主人公。

篇《奥德赛》①。他和他的手下一边听一边觉着他们自己就是那个老水手和他的追随者的同类。这件大理石残片唤起多么神奇的遐想并有着怎样瑰丽的传奇故事啊！那个王国存在了多久？怎样的悲剧标志了它的没落？啊，此时此刻，我不想看西藏的旗幡或者青瓷茶具，因为我仿佛见到了希腊的帕特农神庙，朴素又可爱，下方是宁静、蔚蓝色的爱琴海。



① 古希腊著名史诗之一，相传为盲诗人荷马所作。

# 五十二　出类拔萃

我总是记不住他的名字，但只要在港口提起他，他总是被说成是一个出类拔萃的人。他约莫有五十岁，又高又瘦，衣冠楚楚，穿着讲究，他脑袋不大，却很秀气，五官棱角分明。夹鼻眼镜后面的蓝眼睛显出善良的天性和愉快的神情，他总是乐观向上，爱开玩笑，也常能取得解颐的效果。从他口中说出的笑话可以让全酒吧的人开怀大笑，他也会拿圈子里某个恰好不在场的人打趣，但并无恶意。他的幽默和音乐剧中的喜剧演员如出一辙。每当人们提起他时常会说：

“你知道，我真奇怪他为什么不去当演员，他准会走红的。他那么出众。”

如果你想喝酒，他随时奉陪，你刚刚干完一杯酒，他会用一句中国成语来劝你：

“好事成双？”

但他从不纵情狂饮。

他们会说：“喔，他始终能保持头脑清醒，他那么出众！”

当为某个慈善项目募捐时，他从不甘落人后，他也时常出现在高尔夫球场上或桌球台边。他是个单身汉。

“对一个生活在中国的男人来说，婚姻没有意义，”他说。“你每年都要送妻子回国消夏，而当孩子们长得可爱时，他们也要回国念书了。这会让你花上一大笔钱，而你一无所得。”

不过他对圈子里的女士却永远彬彬有礼。他是怡和洋行的老板,有权有势。他来中国已经三十年了,让他很自得的是他至今一句中文都不会。他从不进城去,他的买办是中国人,几个雇员是中国人,听差和轿夫自然也是,他们是他唯一打交道的中国人,这在他看来已经足够了。

"我不喜欢这个国家,我也不喜欢这里的人。"他说。"一旦挣够了钱我就离开。"

他笑了起来。

"你知道吗?上次我回国的时候,我发现每个人都在谈论中国的帆船、绘画、瓷器和织物。我对他们说,别跟我提中国货,我有生之年不想再见到中国的东西。"



他转向我。

"我要告诉你的是,我相信我的屋子里没有一件中国货。"

但如果你让他谈谈伦敦,他可以说上个把小时。他熟知二十年内所有上演过的音乐剧,虽身处九千英里之外,他也知道莉莉·埃尔西小姐和埃尔西·珍尼斯小姐①的最新动态。他会弹钢琴,又有一副好嗓子;不需要你多劝,他就会坐下来弹唱一曲他上次回国时听过的流行小调。我觉得这个灰白头发的男人,那难以捉摸的举止实在有些怪异,甚至有些做作。但一曲唱罢,人们起劲地鼓起掌来。

"他是无价之宝,不是吗?"他们说。"嗨,真是出众啊!"

① 莉莉·埃尔西(Lily Elsie, 1886—1962),英国爱德华时代女演员;埃尔西·珍尼斯(Elsie Janis, 1889—1956),美国女演员、歌唱家。

## 五十三　老船长

船长大都是些非常沉闷的人。他们的话题不外乎运费、货物什么的。他们对停泊港口的了解也只限于他们的代理人办公室、海员酒吧和妓院。他们和大海的亲密关系赋予他们以浪漫色彩,但他们却把这种浪漫归于未出过海的人的想象。对他们来说,大海是谋生的手段,他们了解大海,一如火车司机了解他的机车,就此而言,大海是枯燥无味的实用性场所。他们是男人,是眼界狭窄的工人,他们大多没受过什么教育,文化程度不高;他们全都一个类型,既没有辨别力,也缺乏想象力。他们直率、勇敢、诚实和可靠,坚定不移地遵循不变的规则。他们形象鲜明:他们置身于环境之中,犹如三维图像中的物体,你可以看见他们周围的一切。他们以显著的特征将自身凸显出来。

但没有人比布兹船长更不像这类人了。他是长江上游一艘小汽轮的船长,因为我是他唯一的乘客,彼此在一起消磨了不少时间。然而,虽然他善于交谈,甚至有些饶舌,但我看他好似雾里看花,他在我心里仍是模糊不清的。我想正是他的难以捉摸,才引发了我的想象。他的外表当然毫无难解之谜。他是一个魁梧的人,身高六英尺两英寸,体格健壮,五官粗大,脸面红润和友善。他笑的时候露出一排好看的金牙。他头秃得厉害,脸上刮得净光;他有着两道我所见过的最为浓密、上翘的眉毛,下面是一双温和的蓝眼睛。他是一个荷兰人,虽然他八岁就离开了荷兰,但他说话仍然带有家乡口音。

他发不清“th”这个音，总是发成“d”音。他的父亲是个渔夫，驾着他自己的纵帆船在须德海①捕鱼，听说纽芬兰一带鱼类丰盛，就带上妻子和两个孩子远航渡过浩瀚的大西洋。在那儿以及哈德孙湾②待了几年之后——这几乎是半个世纪前的事了——他们又绕过合恩角③去白令海峡④。他们捕猎海豹，直到法律介入以拯救这种濒临灭绝的海洋动物，那时，布兹已经是个男子汉，一个勇敢的男子汉，天晓得，他这儿那儿航行去了哪些地方，在不同的帆船上先是做三副，后来是二副。他几乎一辈子都在航海，如今在一艘小轮船上，他不会感到自在的。

“只有在一艘帆船上你才安逸，”他说。“而开一条轮船，你怎么也不舒服。”

他曾沿着整个南美海岸寻找硝酸盐，之后去了非洲西海岸，后来又到美洲，在缅因湾⑤捕鳕鱼；这之后随咸鱼货船去了西班牙和葡萄牙。在马尼拉小旅馆的一个熟人建议他去中国海关试试。他到了香港，在那里被录用当了一名海关检查员，不久被任命为一艘小火轮的船长。有三年时间他缉查鸦片走私船，之后，他攒了一小笔钱，给自己造了一条四十五吨的纵帆船，他决心去白令海峡，再试试海豹捕猎的运气。

“但我猜想我的船员吓坏了。”他说。“我去上海时，他们就溜走了，我又找不到别的人，这样，我就只好把船卖了，随后搭船去了

---

① 位于荷兰西北部，是北海的一个海湾。
② 加拿大东北部的一处海湾。
③ 在南美洲的最南端，属于智利。
④ 连接北冰洋和太平洋的海峡。
⑤ 美国东北部的一处海湾。

温哥华。”

这是他第一次离开大海。他遇见一个推销干草叉专利的人，就答应去美国推销这种专利。对一个水手而言，这确是一项古怪的职业，然而，他干得并不成功，因为在盐湖城，雇用他的那家公司破产了，他发现自己陷入了困境。他稀里糊涂地又回到温哥华，但他有心过岸上生活了，就在一家房地产中介所找了份工作。他的职责是带客户看他们要买的地产，如果他们不满意，他就进行劝说，不让他们后悔所做的交易。

“我们卖给一个家伙山坡上的一块农场，”他回忆说，蓝眼睛一闪一闪的。“因为坡很陡，那里所有的鸡都是一只腿长一只腿短。”

五年后，他又想着返回中国。他不费事地找了个工作，在一艘向西航行的船上做船员，很快他又重操旧业了。自那以后，他走过中国的大部分航线，从海参崴到上海，从厦门到马尼拉，也在中国所有的大江大河上开过船；他从轮船的二副升为大副，最后在中国船主的船上做船长。他也乐于谈他的未来计划。他在中国待得够长了，他希望在加拿大的弗雷泽河边有个农场。他会给自己造一条船，捕一点鱼，如大马哈鱼和比目鱼什么的。

“该是安顿下来的时候了，”他说。“我航海有五十三个年头了。我也奇怪怎么还会做一点造船之类的事。我不是一个盯住一件事不放的人。”

他说得在理，变动不居的生活本身就造成了他性格的犹豫不决。他身上就有一种流动性，以至你不知道该在哪儿抓住他。他让你想起一幅日本版画中的烟雨蒙蒙的景色，那种意境，只可意会无法言传。他有一种特别的文雅，那是你在粗鲁的老水手身上找不到的。

“我不想冒犯什么人。”他说。“待人友善,这是我试着去做的。要是什么人不愿按你要求的去做,就平心静气地说服他们。没有必要发脾气。尽可能好言相劝。”

和中国人相处,这样一个原则并不常见,我也不知道这是否起作用,因为遇到了一些麻烦事后,他回到船舱,摆摆手说:

“我真是拿他们没办法。他们不讲理。”

这时,他的温和显得很像是软弱。但他不是傻瓜。他有一种幽默感。航行到一个地方,我们的船吃水超过七英尺,因为这儿是这条河最浅的地段,勉强够到吃水深度,航行比较危险,港务当局扣下我们的证件,要我们卸掉部分货物。这是这条船的最后一段航程,它装载的是给驻扎在下游几天水路才能到的军队的军饷。军事长官不让船只启航,除非带上作为军饷的银元。



“我想我得按你说的做。”布兹船长对港务长说。

“等我见到船在吃水五英尺上,你才能拿到你的证件。”港务长回答。

“我会让人卸掉一些银元。”

他带港务长上岸到海关俱乐部,要了酒水,边喝边等着卸货。他们在一起喝了四个小时,当他回船上来时,走得和去时一样稳当。但港务长醉了。

“啊,我看见吃水标尺下去两英尺了。”布兹船长说。“这就行了。”

港务长看看船舷一侧的数字,认定五英尺的吃水标尺露出了水面。

"那好吧。"他说。"现在你可以走了。"

"我这就开船。"船长说。

其实没有一磅的货物被拿掉，但一个精明的中国人灵巧地重新刷了标尺的数字。

这之后，桀骜不驯的大兵觊觎船上的银元，设法不让我们离开沿河的一个城市，这时，他显示了一种值得称道的坚定。他平和的脾性受到考验，他说：

"没有人能让我待在我不想待的地方。我是这条船的船长，该是我来下命令。我得开船了。"

心神不安的买办说如果我们硬要开船军队会开枪的。一个军官下了道命令，士兵们跪下一条腿，端起枪来。布兹船长看着他们。

"放下防弹网来，"他说，"我告诉你我要开船了，让中国大兵见鬼去吧。"

他下令起锚，这时军官下令开枪。布兹船长站在驾驶室，真是一个有些奇异的形象，穿着老式的天蓝色紧身上衣，红红的脸膛和强壮的身躯，看去就像常见的闲荡在格里姆斯比①码头的那些老渔夫。这时他摇了摇铃，我们的船在噼噼啪啪的枪声中慢慢离去。

① 位于英国东北部海岸，19 世纪是世界著名渔港。

## 五十四　疑　问

他们带我去参观一座寺庙。它依山而建，身后黄褐色的群山构成了一道屏障，衬托出它的庄严与宏伟。他们向我指出这些建筑的设计是如何精巧，一组建筑物依次而上，直到树木环绕中那用汉白玉装饰的主殿；中国建筑师寻求用他们的创造为大自然增光添彩，因此他们的设计完全是因地制宜。他们向我指出这些树木栽种得如何巧妙，恰好与汉白玉门面相映成趣，并在这一处形成宜人的绿荫，而在另一处则起到了背景的作用；他们让我留意那些雕着优美花饰的大屋顶的精妙对称，它们一层高于一层，蔚为壮观；他们告诉我那些黄色瓦片颜色都不尽相同，这样一眼望去不是黄灿灿的一片，而会赏心悦目于细微的色调变化。他们指给我看大门是如何精雕细刻，而墙面则朴素简洁，这样人的眼睛才不会觉得疲劳。我们拾级而上，一路上他们向我介绍雅致的庭院、造型优美的小桥、大殿中做出各种手势的奇奇怪怪的菩萨，但当我问及究竟是何种精神力量让人建了这些宏伟建筑时，他们却无言以对。

# 五十五　汉学家

他身材高大，有些发福，也许是因为缺乏锻炼，肌肉显得有些松弛，他一头银发，宽阔红润的脸上刮得很干净。他说话语速很快，声音低低的，有一种与体格不相称的腼腆。他借住在城外一间寺庙的客房里，庙里有三个和尚，带着一个小沙弥，管理寺庙事务，张罗仪式。他的房间里藏书很多，家具却少得可怜，很不舒服。天很冷，在接待我们的书房里仅有一个煤油炉供取暖，房间并不暖和。

他比在中国的任何人更通晓中文，他为编纂一部字典已经花了十年时间，他希望这部字典能取代一位著名学者的版本，他和这位学者相识二十五年，但私交不佳。他的工作有益于汉学研究，也借此泄了私愤。他很有大学者的派头，让你觉得他终有一天可以成为牛津大学的汉学教授，那才能让他得其所哉。他比大多数汉学家的知识都要渊博，别的汉学家也懂中文，这一点毋庸置疑，但不幸的是，他们显然除此之外所知甚少；他谈及中国哲学和文学时所体现出来的丰富和多样性是你在汉学家中不常发现的。因为他太沉浸于自己独特的追求，对赛马、打猎没有兴趣，欧洲人就觉得他古怪。他们用看待异类的那种怀疑和敬畏的目光来看他。他们暗示他精神不太正常，还有人说他吸鸦片。这些指责往往针对那些大半辈子致力于了解东方文明的白人。但你只需在他那简陋寒碜的房间里坐上一小会，就会明白这是一个完全过着精神生活的人。

但这毕竟是一种很专业的生活。艺术和美似乎并未深及他的内心，当我听他动情地谈论中国诗人时，我不禁问自己，那真正的精华是不是从他的指缝间溜走了呢？他所接触到的真实只是来自书本。荷花的悲剧性娇艳让他感动，那只是因为李白在诗中赞美了它的可爱；娴静的中国少女回眸一笑，令他心动不已，那也不过是有感于一首精美绝伦、字字珠玑的七绝而已。

## 五十六　副领事

轿夫将他的轿子停在衙门里，松开为他挡雨的帘子。他探出头来，像是一只鸟从鸟巢里朝外张望，接着他伸出长长细细的身躯，最后是他细细长长的双腿。他站了一会，仿佛不太明白自己该做些什么。他是个非常年轻的人，细长而多少有些笨拙的四肢，给他平添了几分羽毛未丰的感觉。他稚嫩的圆脸（他的脑袋相对于他的高个子显得小了些）有些孩子气，好看的棕色眼睛显出机灵和坦诚。官职使他自视甚高（前不久他还只是个见习译员），但又难掩他天性中的羞怯。他将名片递给法官的文书，并由他引进内厅落座。厅内阴冷有风，副领事欣喜自己穿了厚实的防雨衣。一个衣着破旧的当差送上茶和烟来。那文书，一个穿着敝旧黑袍的瘦弱年轻人，曾留学哈佛，很高兴有机会展示他流利的英语。



随后，法官走进来，副领事站起身。法官是个肥胖的中年人，穿着厚厚的棉衣，大脸盘上满是笑容，戴一副金边眼镜。他们坐下来喝茶，点上美国香烟。他们互相寒暄着。法官不讲英语，但副领事的中文在他听来不甚熟练，他不禁想这个年轻人今天能否胜任要办的公务。此时，一个当差进来，对法官说了几句，法官彬彬有礼地问副领事是否准备好了。通向外厅的门打开了，法官走出去，在一张放在高台上的桌子旁的大椅子上坐下，收起了笑容。他本能地端出与他身份相宜的架子，尽管身躯肥胖，但走路时自有一种逼人的威严。副领事应他礼貌的示意，在他身旁落座。文书站在桌子的尽头。这时入口的大门猛地打开(在副领事看来这样的开门真是太有戏剧性了),门外站着一个惊惶失措的囚犯。他走到法庭中央,站得直直的,面对法官。在他两边各立着一个穿卡其布制服的士兵。他是一个年轻人,副领事心想他不会比自己更大。他只穿了一条棉裤和一件棉背心,虽已破旧,也还整洁。他没戴帽子,光着双脚,看上去与你每天在熙熙攘攘的街上所看到的成百上千、穿着一色蓝褂子的苦力没有什么不同。法官和囚犯面对面地没有说话。副领事看着囚犯的脸,但他很快垂下眼帘,因为他不想看那脸上显而易见的表情。他突然感到有些窘迫。朝下看时,他注意到那人的脚相当小,细巧好看,而他的双手被缚在背后。他身材单薄,中等个头,那副柔弱的样子像是一头野生动物,有着漂亮的双脚,站立的姿势特别优美。副领事勉强收回目光,再看那张光滑的瓜子脸。这张脸的脸色发白。副领事经常读到"害怕得脸都白了"一类的句子,他曾以为这只是一种形容的说法,但他现在看到了这样的脸。这张脸使他大吃一惊,使他感到不好意思。那眼睛也是这样,那双眼睛不像人们想当然地认为中国人的那样总是目光歪斜,而是直直的,那眼睛也似乎出奇的大和亮,紧盯着法官,那恐惧的眼神使人害怕去看。但当法官向他提出一个问题——审讯和判决已经完成,他这天上午被带到这儿只是为了验明正身——时,他大声而又清楚地进行了回答,并不露怯。尽管他的身体出卖了他,但他依然是他意志的主人。法官下了个简短的命令,那人由两个士兵挟持着走了出去。法官和副领事站起来,走到门口,他们的轿子等在那儿。囚犯和卫兵站在门外。他尽管被绑着,但还是吸了一根烟。一小队士兵在屋檐下躲雨,看到法官出来,一个军官喝令他们列队。法官和副领事坐进轿子，军官一声令下，士兵踏步走起来，他们后面几码远走着的是囚犯，再后面是坐在轿子里的法官，最后是副领事。

他们快步通过忙碌的街道，店家漠然地凝望着这一队人。寒风凛冽，雨不停地下。穿着棉背心的囚犯浑身透湿。他稳稳地迈着步子，头高昂着，几乎有些逍遥自在。从衙门到城墙有一段距离，他们走到那儿差不多要半个小时。这时他们通过城门，来到城外。四个穿着蓝色破褂子的人——像是农民——靠墙站在一口棺材旁，棺材很简陋，做工粗糙，没有上漆。囚犯走过时瞅了那口棺材一眼。法官和副领事下了轿子，军官让士兵停下。城墙脚下是一片稻田。囚犯被带到一条田埂上，让他跪下。但军官认为这位置不太合适。他让囚犯站起来，走上几码再跪下。一个士兵从队列中走出来站在囚犯后面三英尺远的地方，他举起枪，军官发出命令，他开了枪。囚犯向前扑倒，抽搐了一会。军官走到囚犯跟前，看见他还在动弹便朝着尸体又打了两枪。随后他再次让他的士兵整队。法官对副领事笑笑，然而，这倒更像是一个鬼脸，它几乎扭歪了这个好好先生的胖脸。

他们钻进轿子，但在城门口他们分手了，法官向副领事施礼告辞。副领事经过弯曲、拥挤的街道回领事馆去，大街上生活照常进行着。他的轿子走得很快，因为领事馆的轿夫都是棒小伙子，他们吆喝让道的声音让他有些烦躁，他想蓄意结束一个人的生命是多么可怕，这就像要承担一份巨大的责任，因为这毁灭了世世代代造就的成果。人类已经存在久远了，我们中的每一个人都是无限的、一系列神奇事件演变的结果。但与此同时，令人困惑的是，他有一种生命的渺小感。生命或多或少是无足轻重的。但一到领事馆，他看了看手表,没想到已经这么晚了,他让轿夫抬他到俱乐部去。这是喝鸡尾酒的时候了,天哪,他可以喝上一杯了。他进去时,十几个人站在吧台旁。他们知道那天上午他干什么去了。

“嗨,你看见那家伙被枪毙了吗?”

“当然看见了,”他漫不经心地大声说。

“都顺利吧?”

“他不过扭动了一下。”他转身对酒吧伙计说。“跟往常一样,约翰。”

## 五十七　山　城

他们对这儿有个说法：太阳一照，狗就叫。①这是一座灰暗、阴郁的城市，它笼罩在雾气之中，因为它屹立于山崖之上，两条大江在这里汇合，所以它周边为江水冲刷，有一边是混浊、湍急的水流。这山崖像一艘古代单层甲板大帆船的船头，仿佛为一个奇异的非自然的生命所拥有，竭尽全力地抖动着，它又像是正要加速冲进那奔腾的急流之中。崎岖的山峰将城市团团围住。

城墙外，盖着大片的潮湿的房屋，在这里，当江水低落，一些碰运气的居民就靠船家的需要谋生，因为山脚下停泊着成百上千的船只，一艘紧挨着一艘，人的生活一如江水涌动不已。一条陡峭而又弯曲的石阶通向一座有着城楼的大门，这儿整天上上下下走着挑水的苦力，他们挑着湿漉漉的水桶，溅出的水把石阶和大门内的路面弄得无比潮湿，像是下过一场大雨。这儿很难走上几分钟的平地，因为有太多的台阶，就像在意大利里维埃拉的山上小镇一样。因为空间逼仄，街道也是紧挨着，狭窄又阴暗，它们曲里拐弯，你就像在迷宫里一样会弄得晕头转向。街上人头攒动，一如伦敦的剧院散场，观众蜂拥而出来到人行道上。你得挤着走，每当轿子过来，你还要让到一边，苦力总是挑着他们的重担；串街走巷的货郎卖着日用百货，经过时不免撞你一下。

店铺朝街敞开着，没有窗子也没有大门，里面跟街上一样的拥挤。它们像艺术品和手工艺品的展览会，你会觉得看去犹如英国中世纪的街道，那时每座城市都生产所有的生活必需品。不同的行业聚在一起，这样，你经过肉市一条街，两边都挂着血淋淋的肉条和内脏，苍蝇嗡嗡地乱飞，饥饿的癞皮狗在下面窜来窜去。你经过纺织一条街，那儿每家都有一台手织机，忙着纺织棉布或绸缎。还有很多的饭铺，飘出浓重的香味，整天食客盈门。通常在一个街角，你会见到茶馆，那儿同样一天到晚坐满了人，三教九流，喝茶抽烟，很是热闹。剃头匠在众目睽睽之下忙他们的生意，你会看到一些人耐心地让师傅剃头修面，另一些人在掏耳朵，还有一些人在翻眼皮，这景象你可不愿意多看。

这是一座众声喧哗的城市。小贩摇着木头铃铛沿街叫卖；瞎眼艺人和按摩女子打着板子；饭馆里有人在尖声细气地唱着戏曲；一所房子里传出很响的锣声，那儿或许在举行婚礼或做丧事。街上是苦力和轿夫粗哑的喊声；还有乞丐纠缠不休的哀诉，他们肢体残废，生着恶疾，衣衫褴褛，真是一幅人类的讽刺性漫画。号手吹出凄厉的号声，他不停地练习着他始终吹不好的一个调子；然后，像是低音伴奏，各种嘈杂声合成一种粗鄙的曲调：喋喋不休的说话声、欢笑声、吵闹声、喊叫声、争辩声及玩笑打趣和闲言碎语的声音。这是一种永不停歇的喧闹声。这种声音起先让人觉得非同寻常，随之便会感到困扰和烦躁，最后简直叫人发疯。你渴望哪怕是片刻的清静。你会觉得那是一种身心的愉悦。

而与你厌烦了的人群和噪声混合在一起的，是一种恶臭。岁月

① 唐韩愈曾说，“蜀中山高雾重，见日时少，每至日出，则群犬疑而吠之也”。后以成语“蜀犬吠日”比喻少见多怪。

和经验教会了你辨别各种不同的臭味。你的嗅觉变得异常敏锐。难闻的味道折磨你的神经，犹如用陌生的乐器弹奏一首可怕的曲子所发出的声音击打着你的感官。

你说不出在你身边涌动着的这些众多的生命意味着什么。凭你对自己同胞的同情和了解，你有了一个支点：你可以进入他们的生命，至少是在想象的层面上，而一定程度上也能够真正地拥有它们。借助你的想象，你差不多可以将他们当作你自己的一部分。但这些人对你来说毕竟是陌生的，正如你对他们也是陌生的一样。你没有线索可以破解他们的神秘。他们与你即使有诸多的相像也帮不上你多大的忙，而毋宁更说明他们与你的不同。某个人会吸引你的注意，如一个脸色苍白、戴着角质大眼镜、腋下夹着一本书的年轻人，那副用功的模样让人愉快，或一个老人，裹一块头巾，有着稀疏的灰胡须和疲倦的眼神：他看上去像中国艺术家画在一幅山水画上或康熙年间瓷器上的圣人；但你依然像是看着一堵砖墙。你无所依凭，你不知道他们最基本的生活状况，于是你的想象就很受挫。



然而，当你走到山岗上，再次来到那环绕城市的古城墙边；你通过高大的城门，城外便是一片墓地。它们在田野上伸展开去，一连几英里，坡上坡下，是一望无际的绿色坟堆，坟前面竖着灰石墓碑，人们每年来祭扫一次，同时告诉死者他们的后人生活得怎样；在这儿，就是死人也密集地挤在一起，如同城里活着的人一样；他们似乎压迫着活人，好像要把活人挤到混浊、翻腾的大江里去。那崇山峻岭也有某种威胁性，仿佛带着一种阴郁的冷酷，等待时机以形成对城市的合围；好像到最后，它们就如同不可阻挡的命运一样，侵犯并驱赶着在它们前面涌动的人流，直到房屋和街道被它们占据，绿色的坟堆向下延伸到水闸口。最后便是寂静，这寂静不受打扰地安顿下来。

它们是怪异的，那些绿色的坟堆，它们也是可怕的。它们似乎在等待。

## 五十八 祭 神

她是一位老妇人，脸上皮肤干瘪，布满皱纹。灰白的头发上插着三支长长的银簪，弄成一种奇特的头饰。她穿一身蓝布衣衫，上面是一件破旧的单褂，打了补丁，下边一条只到小腿的裤子。她光着双脚，但其中一只脚上戴着一只银镯子。很显然，她的生活十分贫苦。她不胖，但也还结实，年轻时想必能吃苦干重活，而她的一生也就是这样度过的。她以一种老年妇女特有的沉稳步子从容地向前走着，臂上挎个篮子。她一路走到下面的港口；那儿停满了漆成各种颜色的帆船；她的目光好奇地落在一个站在狭窄竹筏上用鸬鹚捕鱼的男人身上，稍后就专心地做自己的事情了。她把篮子放在岸边的石头上，从里面拿出一支红蜡烛。她点着蜡烛，将它插在石头缝中。随后她拿出几支香，放在蜡烛火中烧着，然后将它们插在蜡烛周围。她又取出三只小碗，从带着的一个瓶子里倒一些酒在碗里，她再把三只小碗整齐地排好。然后她从篮子里拿出一沓纸钱和纸做的元宝，把它们分开来，这样可以烧得更容易些。她生了一堆火，当火烧起来的时候，她把三只碗中的米酒洒了一些在那点着的线香前面。她拜了三拜，口中念念有词。她拨了拨烧着的纸钱，让火烧得更旺一些，然后她把碗里的酒全部泼在地上，又拜了三拜。没有人注意她的一举一动。她又从篮子里拿出一些纸钱，投入火中。这一切都做完之后，她从地上拿起篮子，又以同样从容但略显沉重的步子回去了。神明适时得到了祭奠，于是就像一位年老的法国农妇满意地做完了这天的家务活，她忙自己的事情去了。

2005 年夏日译于南京中保

2012 年夏日修订于南京仙林

# 译后记

毛姆(William Somerset Maugham, 1874—1965)是著名的英国小说家,在其漫长的生涯中,读万卷书,行万里路。1920 年,他东行抵达中国,《在中国屏风上》(*On a Chinese Screen*, 1922)是他的中国游记,五十篇长短不一的文章连缀成"一组中国之行的叙事"。游记的读者大抵是本国人,毛姆为英国同胞展现的是一架古色古香、散发着浓郁东方情调的"中国屏风"。

毛姆在这架屏风上描绘了遥远、古老而又神秘的中国景致,她的山川风物、人文景观:令人敬畏的长城、急流险滩的长江、天光云影的水田、纪念先祖的牌坊、筑有雉堞的城墙、各式各样的庙宇、竹林深处的农家、山上的婴儿塔、路边的小客栈、随处可见的"苦力",以及二十年代初中国的战乱、贫穷、肮脏,还有那位学贯中西、满腹经纶、哀叹道统衰落却又吸鸦片逛妓院、扎着一条细长的灰辫子的现代大儒形象!

毛姆的"中国屏风"无疑为英国读者描绘了一幅光怪陆离的中国形象,但对毛姆和他的英国读者来说,这一异国形象呈现的既是特定时代的中国现实,也是毛姆作为一个"观光者"个人及英国读者集体的想象物。在他们看来,或在他们想来,中国是一个既古老又神秘的国度。她幅员辽阔、物产丰富,有着悠久的文明,但她的历史似乎是停滞的,现代中国更是落后、愚昧、贫穷,而中国人也让他们难于理解:一方面善良、热忱、孝敬父母、疼爱孩子,另一方面则圆滑、残忍、好说谎、不可信任,等等。毛姆的《在中国屏风上》当然不是道听途说,甚至向壁虚构的产物,但走马观花确又难免雾中看花,正如他自己意识到的,"你所见似乎千篇一律,因为不管怎样,在异乡人眼里,每个中国城镇都大同小异"。所以在西方人看来,中国人不是买办就是苦力,而毛姆所见,中国的街道常是拥挤的,旅店常是肮脏的,苦力永远穿着破旧的蓝衣衫。

屏风具有呈现、点缀的功能,但同时它又是一种遮蔽。这架中国屏风"隔"在毛姆与现实中国之间,尽管毛姆有敏锐的观察力和真诚的同情心,但他对真实的中国还是有所隔膜的,因而,他描绘的中国形象又是一幅误读之图。在他笔下,中国的鸦片烟馆干净明亮,一派温馨怡人的气象,"这地方真令人愉快,像家里一样,舒适温馨,令我想起柏林那些小酒馆,每天晚上劳累了一天的人们常去享受安逸的时光"。面对陌生的经历,人们难免以熟知经验去加以理解,这正如毛姆所感叹的:"虚构总是比事实离奇"。当毛姆在一家旅店看到有个官员同苦力坐在一起喝茶聊天时,大为感动,觉得"这似乎就是真正的民主"。他进而推论:东方人的这种平等观念既不同于欧洲人,也有别于美洲人,在他们看来,职位和财富造成的人与人之间地位的尊卑完全是偶然的,并不妨碍人的交往。这就显现出异国形象构建中的"乌托邦"气味来了。当毛姆由此提出:"为什么在专制的东方,人与人之间比自由民主的西方有更多的平等?"你会觉得这显然是个"伪问题";而当毛姆自问自答:"臭水沟比议会制度更有利于民主"时,你自然哑然失笑,大可不必当真了。也许正是由于这种难于消解的"隔",不通中文,只是到此一游的毛姆书中笔墨多半落在了在华的洋人身上,如传教士、外交官、汉学家、商人、海员等。个中情由他在《山城》一文中作了说明：

你说不出在你身边涌动着的这些众多的生命意味着什么。凭你对自己同胞的同情和了解，你有了一个支点：你可以进入他们的生命，至少是在想象的层面上，而一定程度上也能够真正地拥有他们。借助你的想象，你差不多可以将他们当作你自己的一部分。但这些人对你来说毕竟是陌生的，正如你对他们也是陌生的一样。你没有线索可以破解他们的神秘。他们与你即使有诸多的相像也帮不上你多大的忙，而毋宁更说明他们与你的不同。……但你依然像是看着一堵砖墙。你无所依凭，你不知道他们最基本的生活状况，于是你的想象就很受挫。



一种异国形象既是对“他者”的注视和观看，同时也是形象构想者的自我呈现，在此意义上，毛姆的屏风既是“中国”的，也是毛姆自己的。毛姆说他不是一个“勤勉的观光者”，确实，他本质上是个作家，一个小说家，他对人生百态的好奇胜过异域风光。他“爱研究人性”。他观察细致、文笔生动，在不露声色的叙述中，人物的音容笑貌、才具性情跃然纸上，其中“亨德森”、“陌生人”、“大班”等篇，可以作为精彩的短篇小说来读。毛姆认为，“写作中，更重要的不是丰富的材料，而是丰富的个性”。

毛姆的文字冷峻犀利，充溢着英国式的幽默，不经意间抉发出自负、可笑、贪婪、虚荣、做作等这些人性的通病来。毛姆的讽刺对象不限国别种族，那位中国的内阁部长虽然谈吐优雅，有很高的艺术品位，但我们读到这样一段文字：

但对我而言，这次见面中最奇妙的事情是，我从一开始就知道他根本就是个恶棍：腐败渎职、寡廉鲜耻、为达目标不择手段。他是一个搜括的高手，通过极其恶劣的手段掠夺了大量财富。他是个虚伪、残忍、报复心强、行贿受贿之徒，中国沦落到他所悲叹的这个地步，他本人也难辞其咎。然而，当他拿起一只天青色小花瓶时，他的手指微曲，带着一种迷人的温情，忧郁的目光仿佛在轻轻地抚摸，他的双唇微微张开，似乎发出一声充满欲望的叹息。

当然，由于他对英国同胞的性格更加熟悉，也就形神毕肖地描画出一幅幅讽刺性肖像来。那位有“社会主义者”之称的亨德森，初来中国时不忍心坐黄包车，这有违他关于个人尊严的思想，因为黄包车夫也是人，一个兄弟，但他骨子里有着种族歧视，“你不必去关心中国人。你明白，我们在这儿是因为他们害怕我们。我们是统治的民族”。他因车夫错过了拐弯而勃然大怒，高声咒骂之间还往车夫屁股上狠狠地踢了一脚。那位斯特韦尔德先生形象威严、关切荣誉，但每当他年轻的太太新找了个情人，他就要求岳父母给他足够的一笔线，以补偿他名声和荣誉受到的伤害。毛姆说，“德·斯特韦尔德先生已然是一个精明的商人，但在他妻子达到守教规的年龄之前，他无疑会成为一个富翁”。

毛姆是个人性的观察者和批判者，但不是一个冷漠的旁观者。他描写那些常年累月行走在中国大地上的挑着重担的苦力，不再是悠然地欣赏这样的图景，因为“他们的劳苦让你心中觉得沉重，你充满怜悯之情却又爱莫能助”。他引了庄子一段话并感叹：“在中国驮负重担的不是牲畜，而是活生生的人啊！”中国人的劳苦、坚韧，与自然和生活的艰难抗争让毛姆为之震撼和感动，他描写弓着腰拉纤和在码头扛大包的苦力：

> 他们都赤着脚，光着上身，他们汗流满面，他们的号子是痛苦的呻吟，是绝望的叹息，是揪心的呼喊。这声音几乎不是人发出的，那是灵魂在无边苦海中有节奏的呼号，它的最后一个音符是人性最沉痛的啜泣。生活实在是太艰难了、太残酷了，这是他们最后的绝望的抗议。这就是江中号子。

这决不是文人的矫情，而是深挚的情怀，至今读来仍为之动容。



毛姆说他希望《在中国屏风上》一书可以给英国读者提供他所看到的中国的一幅真实生动的图画，有助于他们自己对中国的想象。其实，毛姆描绘的这一幅真实生动的图画，也有助于今天的中国读者，尤其是年轻的读者对二十世纪的中国的想象，因为这样的一个中国多少也是屏风上的景象了。

《在中国屏风上》上世纪四十年代已有中译，但不知是否是全译，八十年代中期湖南人民出版社出了新译本，不过读后觉得不甚理想，当然，理想的译本也许只是一种理想。我的这个译本多半也是一个“背叛者”，但还是要感谢江苏人民出版社，感谢钱林森教授三年来的苦心与付出，使它虽有波折但最终得以出版，这应了一句话：“每一本书都有它自己的命运”。

2006年3月于南京大学

## 修订附记

译本出版后，不时听到一些溢美之词和批评意见，肯定的话语我当作勉励，而批评的声音我更为重视，因为一本好书理应有个好译本。在此书修订过程中，读者朋友——认识或不认识的——的批评意见我都尽可能加以考虑或采纳，因此，如果这个修订本要胜过我的前译，那很大程度上要感谢这些读者朋友。

当然，也要感谢上海译文出版社给了我一个修订的机会。自我在导师赵瑞蕻先生的启示下从事文学翻译以来，在上海译文出一本译著就一直是我的一个愿望，如今蒙冯涛先生的美意，如愿以偿。也希望读者朋友继续对我的翻译提出批评。

唐建清

2012 年 7 月于南大和园

**图书在版编目(CIP)数据**

在中国屏风上/(英)毛姆(Maugham, W. S.)著;唐建清译.
—上海:上海译文出版社,2013.6(2024.5 重印)
(毛姆文集)
书名原文:On a Chinese Screen
ISBN 978-7-5327-6121-0

Ⅰ.①在… Ⅱ.①毛… ②唐… Ⅲ.①游记-作品集
-英国-现代 Ⅳ.①I561.65

中国版本图书馆 CIP 数据核字(2013)第 038225 号

W. Somerset Maugham
**ON A CHINESE SCREEN**


**在中国屏风上**
〔英〕毛姆/著　唐建清/译
责任编辑/冯　涛　　装帧设计/张志全工作室

上海译文出版社有限公司出版、发行
网址:www.yiwen.com.cn
201101　上海市闵行区号景路 159 弄B座
浙江新华数码印务有限公司印刷

开本 850×1168　1/32　印张 6　插页 6　字数 92,000
2013 年 6 月第 1 版　2024 年 5 月第 11 次印刷
印数:33,001—35,000 册

ISBN 978-7-5327-6121-0/I·3634
定价:38.00 元